Aux Éditions Alain Bargain

Dans la collection
ENQUÊTES ET SUSPENSE :

Stéphane Jaffrézic
- Chili-Concarneau
- Ville bleue et beaux dégâts
- Disparitions en Pays Fouesnantais
- Tri Yann Tro Breizh
- Vengeances croisées à Nantes
- Escale forcée à Brest
- Dolmens sanglants en Bigoudénie
- Escapade à Landerneau *(épuisé)*
- Le mauvais fils de Guidel
- Murder party à Quimper
- Rendez-vous raté à Quimperlé
- La Korrigane de Concarneau
- Coup de chaud à Bénodet
- Trafic en Finistère
- Sirènes au Guilvinec
- Été torride à Névez

Martine Le Pensec
- Onde de choc sur Fermanville *(épuisé)*
- Angoisse sur Penmarc'h
- Lumière noire sur la Penfeld *(épuisé)*
- Printemps funeste à Brest
- 13e lune à Concarneau *(épuisé)*
- 32 octobre à Roscoff *(épuisé)*
- Terminus à Lannilis *(épuisé)*
- L'Enfer de Plogoff
- Alerte rouge à Brest *(épuisé)*
- Bad Trip à Lorient
- Le Cobra de Brest
- Le Mouton noir de Roscoff
- Sang pour sang à Recouvrance
- Amnésie sur Quimper
- Chat noir à Brest
- Bain acide à Douarnenez
- Noces de feu à Plouzané
- Pot aux roses au Cap Coz

Élisabeth Mignon
- Fontaines mortelles à Quimper
- Jardins funèbres en Cornouaille
- Déferlantes au Guilvinec
- Cadavres exquis à Châteaulin
- Ultime refuge à La Forêt-Fouesnant
- Silences sur la Baie

Michèle Corfdir
- Le Crabe
- Mortel Hiver sur le Trieux *(épuisé)*
- Chasse à corps à Bréhat
- Larmes de fond *(épuisé)*
- Vent contraire à Loguivy-de-la-Mer
- Herbes amères à Belle-Isle-en-Terre *(épuisé)*
- Il court, il court, le furet des Abers *(épuisé)*
- Fest-Noz sur le Nil *(épuisé)*
- Eau dormante en Trégor *(épuisé)*
- Nuits assassines à Paimpol
- Crime à l'Armoricaine
- Vendredi noir sur l'Arcouest *(épuisé)*
- Sueurs froides sur le Goëlo
- Baignade clandestine à Bonaparte
- La route s'arrête à Loguivy-de-la-Mer
- Brest, bombes sur les murs
- Vent de terreur sur Bréhat

Bernard Larhant
- Quimper sur le gril
- Douarnenez, piège à Mouettes
- Les Galets de Tréguennec
- Les bas-fonds de Quimper
- Pas de pardon à Locronan
- Un pavé dans La Loire
- Psychose sur Bénodet
- Sang d'encre au Mans
- La Torche entre deux eaux
- Du Pastis dans l'Odet
- Les Ombres du Rennes-Quimper
- La Madone du Faouët *(épuisé)*
- Effet domino à Concarneau
- Le Môme de Fouesnant
- Hors la loi à Groix
- Omerta Bigoudène
- Alliance explosive à Audierne
- Jeux pervers à Quimper
- Chasse à l'homme au Ménez-Hom
- Dans les frissons de Nantes
- Manhattan-Tréboul
- Diabolo Nantes
- Tragédie à l'Île-Tudy
- Loire c'est noir
- Stress de Brest à Trévarez

Aux Éditions Alain Bargain

Dans la collection
ENQUÊTES ET SUSPENSE :

Pierre Engélibert
- L'Ours du Finistère
- Drôle d'oiseau à Brest
- Lavandières rouges à Daoulas
- Complot en Cap-Sizun

Séverine Le Corre-Mongin
- Drame en Morbihan
- Dernière note à Pontivy

Serge Le Gall
- La secte de l'Aven *(épuisé)*
- Sables mouvants à Bénodet *(épuisé)*
- La Douarneniste et le Commissaire *(épuisé)*
- Corps-mort à l'Île-de-Batz *(épuisé)*
- Traque noire à Audierne *(épuisé)*
- Fugue mortelle en RÉ *(épuisé)*
- Le moine rouge de Carantec *(épuisé)*
- La Sirène de Port Haliguen *(épuisé)*
- Coup fourré dans les Monts d'Arrée
- Vagues à lames à Noirmoutier *(épuisé)*
- Dépression sur les Glénan
- Belle-Île "Amère" *(épuisé)*
- Calvaire à Plougastel-Daoulas *(épuisé)*
- Course-poursuite sur l'Aven *(épuisé)*
- Cible ultime dans les Montagnes Noires
- Rouge baiser de Crozon *(épuisé)*
- Sac de nœuds à Trévignon
- Retour coupable à Pont-l'Abbé *(épuisé)*
- Quiberon Enrage *(épuisé)*
- Secrets salés à Fouesnant
- Fausses notes à Larmor-Plage
- Jeux de drames à Douarnenez
- Nature morte à Pont-Aven
- Châtiment à Port-Launay
- La belle endormie de Port-Manech
- Matin blême à Rosporden
- Coup de balai à Carnac
- Mortes-eaux à Riantec
- Héritage de sang à Concarneau
- Vengeance d'automne à Quimper
- Bain tragique au Pouldu
- Retour de bâton à Plogoff

Jacques Minier
- Traque mafieuse à Saint-Malo
- Double peine à Rennes
- Saint-Brieuc de mille feux
- Celtitude en Argoat

Bernard Enjolras
- Îlot mortel à Trégastel
- 3 petits singes en Côtes-d'Armor
- Mauvais sorts dans Le Trégor *(épuisé)*
- Micmac à Ploumanac'h
- Sale temps sur Penvénan
- Jeu d'échecs à Perros-Guirec
- Guêpier à Tréguier
- Jackpot dans le Léon
- Requiem à Paimpol
- Escale à Cancale
- L'inconnue de Saint-Thégonnec
- Code assassin à Trébeurden
- Les merlettes de Granit rose
- Liens de sang à Guingamp

Michel Courat
- Ça meurt sec à Locquirec
- Marée rouge à Plestin-Les-Grèves
- Coup de grisou à Pleumeur-Bodou
- Mort en vrac à Morlaix
- Sauvage farandole à Paimpol *(épuisé)*
- Mise à mort en Bretagne nord *(épuisé)*
- Masques de Terreur à Lanmeur
- Été meurtrier à Tréguier
- Le raisin coule à Lesneven
- Le Diable s'invite à Locquirec
- Morts à gogo à Plouguerneau
- Morlaix, TERminus !
- Les dessous de Plougasnou
- Granite écarlate
- Dernier tango à Plouescat
- Semaine noire en Pays léonard
- Vent de panique à Lannion
- L'Ange maudit de St-Michel-en-Grève
- Week-end de folie à Bégard

Rémi Devallière
- L'esprit d'Hoëdic
- Calculs sévères à Saint-Nazaire
- Sacré bidule à Pornichet
- "Pari" au mois d'août
- Piriac et son caillou mystérieux
- Vol 744 pour Le Pouliguen
- Pornic, Poste restante
- Nantes, le passager du Jules Verne

Aux Éditions Alain Bargain

Dans la collection
ENQUÊTES ET SUSPENSE :

Gisèle Guillo
- Dernier rendez-vous à Vannes
- Du Léman au Morbihan *(épuisé)*
- Tempête à Quiberon
- La Belle de Carnac *(épuisé)*
- Le Saigneur de Quimper *(épuisé)*
- Vol de pigeons à Arradon *(épuisé)*
- Cash-cash au Crouesty *(épuisé)*
- Le Diable noir de Saint-Cado
- Clair-obscur à l'Île-aux-Moines *(épuisé)*
- Port-Louis, les ombres de la citadelle
- La Maison au bord du Golfe *(épuisé)*
- Les Amants Terribles de La Trinité
- Étel coupable ?
- Danger à Saint-Goustan

Marie Vaillant
- Chantage Bigouden
- Les corps mourants de Plozévet *(épuisé)*
- Vague blanche au Pouldu
- Malaise sur la côte lorientaise
- Vie de château à Pont-L'Abbé
- Locronan a la gueule de bois *(épuisé)*

Jean-Michel Arnaud
- Cavale à Brest
- Blues en Rafale à Landivisiau
- Le bagad bombarde à Quimper
- Loto létal dans le Léon
- Fresque de sang sur le Ponant
- Lettres mortes à Lannilis
- Lame scélérate à Morgat
- À bout de souffle à Landerneau
- Brest, scène de crimes
- Allers simples pour Ouessant
- Peur bleue à Portsall

Jean-Louis Kerguillec
- Carantec à corps perdu
- Enlèvement en Baie de Morlaix *(épuisé)*
- Mauvaise passe sur l'île Callot
- Les Amours Noires du Léon
- Le disparu du Taureau
- Frai*zh* Connection
- Le Crapaud de l'île de Batz
- Saint-Pol, cathédrale infernale
- Pêche d'enfer à Cléder

Bernard Kopka
- Secret de tombe à Paimpol

Catherine Schubert
- Odeur de sang à Penvénan
- Le vilain de la Vilaine
- Sacré moine à Dinard
- Lucifer à Saint-Philibert

Simone Ansquer
- Téviec, le Secret *(épuisé)*
- Aux tours de La Rochelle
- Grain de sable à Saint-Pierre-Quiberon
- Le mystère de la Cathédrale de Vannes *(épuisé)*
- Carnac, les menhirs disparus
- Bons baisers de l'île de Houat
- Nuit d'Enfer à Quiberon
- Belle-Île ne répond pas
- La captive de la ria d'Étel
- Dérive sur la Presqu'île

Gérard Croguennec
- Voile épais au Conquet *(épuisé)*
- Brest, Abri 668
- Morlaix en eaux profondes
- La martyre du Conquet
- Le silencieux du Conquet
- Effet papillon sur le Brest-Lyon

Jean-Jacques Égron
- Marais mouvant dans le Golfe
- Tracto Breizh
- Embruns toxiques sur Lorient
- Les Privés du Croisic
- Vannes à l'encre rouge
- Les oubliettes de la Presqu'île
- Engrenages sur la Côte Sauvage

Philippe-Michel Dillies
- Meurtres à Monnaie *(épuisé)*
- Chasse à Tours *(épuisé)*
- Train d'enfer pour St-Pierre-des-Corps *(épuisé)*
- Les roses noires de Chartres *(épuisé)*
- Du raisiné à Vouvray *(épuisé)*
- Partie truquée à Descartes
- Embrouille à Amboise *(épuisé)*
- L'écheveau de Blois
- Anicroches à Loches
- Murmures en Saumur
- Les plumes noires de St-Cyr-sur-Loire
- Clash à Tours

ÉTÉ TORRIDE à NÉVEZ

Aux Éditions Alain Bargain

Dans la collection
ENQUÊTES ET SUSPENSE :

Christophe Chaplais
- Pâté de Corbeau aux amandes amères *(épuisé)*
- Le calisson jusqu'à la lie
- Farz aux herbes de Portsall
- Addition salée au Croisic
- Salade russe aux noix de Grenoble *(épuisé)*
- Fourchette mortelle à Chinon *(épuisé)*
- Soupe de Crabes à Brest
- La face cachée des Étoiles *(épuisé)*
- Mélodie gourmande à Guérande

Jean-Pierre Farines
- Brume sur la Presqu'île
- La route de Rocamadour
- Le Phénix est mort à Camaret
- Cercueil vide en Mer d'Iroise

Solenn Colléter
- Lettres de sang sur la Côte Sauvage

Vincent Cabioch
- 5 Diables Verts à Huelgoat

Patrick Bent
- Erquy profite le crime *(épuisé)*
- Le macchabée du Val-André *(épuisé)*
- Saint-Cast priez pour eux ! *(épuisé)*
- Hécatombe à Saint-Malo *(épuisé)*
- Nuit noire à Dinard *(épuisé)*
- Algues fatales à Erquy *(épuisé)*
- Rock'n'Roll à Lamballe
- Pluie de fiel sur Fréhel
- Arnaque à Erquy

Aux Éditions Alain Bargain

Dans la collection ***POL'ART :***

Serge Le Gall
- Sombre dessein à Pont-Aven
- Meurtres du côté de chez Proust *(épuisé)*
- Eaux-fortes à Ste-Marine *(épuisé)*
- Ciel rouge au Pouldu *(épuisé)*

Loïc Gourvennec
- Le râle du basson *(épuisé)*

Yves Horeau
- Monsieur Butterfly *(épuisé)*

Renée Bonneau
- Nature morte à Giverny *(épuisé)*
- Séquence fatale à Dinard *(épuisé)*
- Sanguine sur la Butte *(épuisé)*

Stéphane Jaffrézic
- Toiles de fond à Concarneau
- Le Rubis de Châteauneuf-du-Faou

Stéphane JAFFRÉZIC

ÉTÉ TORRIDE à NÉVEZ

Collection

ENQUÊTES & SUSPENSE

Quadri Signe - Editions Alain Bargain
125, Vieille Route de Rosporden - 29000 Quimper
E-mail : contact@editionsalainbargain.fr
Site Internet : www.editionsalainbargain.fr
Facebook : https://www.facebook.com/editionsalainbargain

À mon père, Bernard,
qui nous a quittés le 14 mai 2020,
et ne lira jamais ces lignes. Je t'aime, Papa.

Je tiens à remercier vivement celles et ceux qui m'ont grandement aidé par leurs précisions techniques ou leur très sérieux travail de relecture.

À Dominique Quéroué et Pascal Tanguy.

À ma fille Chloé et Élisabeth Mignon.

À l'équipe des Éditions Alain Bargain, qui me fait confiance depuis tant d'années, et qui fait un travail formidable.

I

Le ciel bleu et le soleil généreux qui ravissaient toutes et tous fin juin, ont perduré. Après le confinement dû au coronavirus, et les nombreux décès inhérents à cette fichue pandémie, c'est un réel bonheur que de sortir se balader dans la campagne ou sur les plages et rochers, de se libérer l'esprit en profitant des espaces si longtemps interdits. S'il y a toujours des malades en réanimation, souhaitons que ce problème majeur soit en train de se terminer, même si beaucoup redoutent de le voir reprendre de la vigueur en septembre, après un été synonyme de rapprochements familiaux.

La température s'est encore réchauffée de deux ou trois degrés, alors que curieusement l'eau de mer peine à atteindre vingt degrés. Si dès la mi-mai les vacanciers se sont emparés du littoral et des sites les plus prisés de la région, depuis la fin de l'année scolaire, ils sont de plus en plus nombreux à envahir hôtels, campings, maisons de famille et autres chambres chez l'habitant. Comme tous les ans, immuablement, certains locaux râlent contre les bouchons créés par le flot dense et interminable des voitures immatriculées partout en France mais c'est le prix à payer lorsque l'on vit dans une région d'exception, et cela pas uniquement en raison des actuelles conditions climatiques. En 2020 la Bretagne est devenue destination très prisée, au point d'être la deuxième région française la plus touristique sur le podium.

La fête nationale tombant un mardi, nombreux sont ceux qui ont fait le pont, comme le major Simon Jaouen et moi. Après quatre jours de trêve, c'est le cœur léger que nous reprenons le travail ce mercredi, espérant aller en roue libre jusqu'à vendredi avant le week-end. Dans un peu plus de trois semaines, ce seront les vacances pour nous deux. Dans l'intervalle, parce que nous ne pouvons tous nous absenter, le brigadier-chef Justin Débolo a assuré la permanence. Qu'il ne nous ait pas appelés signifie qu'il n'est rien intervenu de dramatique dans le Finistère. Justin sera en congés demain soir. Il en ressent une énorme excitation car, comme il le fait tous les deux ans, finances obligent, vendredi il s'envolera avec femme et enfants pour sa Martinique natale.

La brigadière-cheffe Suzy Villard ne travaille plus, et ne le fera pas d'ici un bon moment, car un heureux évènement est prévu dans moins de deux mois. Têtue, l'Eurasienne, bretonne par son père natif de

Carantec et disposant d'une double nationalité par sa mère japonaise, aurait souhaité retarder l'échéance de sa mise en retrait, mais son état n'est plus compatible avec son travail. Pour elle et son bébé, qui sera son premier enfant, il est exclu de prendre le moindre risque.

Nous sommes donc trois, Justin, Simon, et moi, pour représenter l'antenne de police judiciaire de Quimper, et mener de front une multitude de dossiers. En cas de coup dur, nos homologues brestois viendront à la rescousse, mais dans l'immédiat il n'est pas prévu d'action d'éclat. Sans nous cloisonner dans une pesante routine, nous œuvrons en parant au plus pressé.

Chacun dans notre bureau, nous travaillons isolément. Nos dossiers ont pour point commun l'identification de membres d'un réseau de trafiquants de stupéfiants, “du produit”, comme nous le nommons dans notre jargon. Le casque sur les oreilles, je transcris des conversations téléphoniques et des SMS entre des gaziers placés sous écoute. Ils connaissent nos façons de procéder, aussi se gardent-ils de livrer une information ou un nom, mais outre l'intérêt de valider des liens entre lascars malintentionnés, il y a parfois une indiscrétion à glaner ou l'intervention ponctuelle d'un individu jusqu'alors inconnu de nos services.

Il n'est que 15 heures 30 et je m'apprête à faire

une pause-café judicieuse quand le téléphone de mon bureau fait entendre sa sonnerie aigrelette.

— Allô !

— Bonjour Capitaine Moreau, ici le procureur Colinet. Comment allez-vous ?

— Bonjour Monsieur le procureur. C'est le train-train jusqu'ici, mais puisque vous m'appelez, il y a fort à parier que nous allons sortir de notre état semi-léthargique. Je me trompe ?

— Non, pas du tout, fait-il sans masquer que lui aussi est dans l'humour. Il y a moins de vingt minutes, peu après 15 heures, on a signalé à vos collègues de Concarneau la découverte d'un corps par des promeneurs. L'équipage qui était le premier sur les lieux a vite constaté qu'il s'agissait d'un décès par balles, deux pour être précis, tirées dans la poitrine. Difficile dans ce cas d'évoquer un suicide. En raison de la gravité des faits, je vous saisis de cette affaire. Pour l'instant, vous débutez l'enquête de flagrance, nous verrons plus tard, en fonction de vos investigations, s'il y a lieu de nommer un juge d'instruction.

— D'accord, Monsieur le procureur. Où est-ce arrivé ? ne puis-je m'empêcher de demander, car résidant dans cette ville, je souhaite m'imaginer le décor que je connais vraisemblablement.

— Ce sera à vous de le définir avec certitude, mais nous pouvons supposer que c'est à l'endroit de la découverte du corps, à savoir le parc du château de Kériolet. Cela vous parle ?

— Oui. Le château est situé à Beuzec-Conq, sur la hauteur de la ville.

— C'est cela. Vous et votre équipe êtes attendus à Concarneau. L'équipage a délimité un périmètre pour refluer les curieux et isoler ce qui est certainement la scène de crime. Ils attendent votre venue.

— Nous partons immédiatement.

— Je suis le parquetier de permanence jusqu'à vendredi. Vous pouvez me joindre à tout moment. Au revoir Capitaine Moreau.

Le téléphone à peine raccroché sur sa base, j'alerte mes voisins de bureau :

— Simon, Juju, on décolle !

Le temps de nous munir de nos armes et menottes, car nous ne savons jamais ce qui nous attend, nous dévalons l'escalier. On se fait l'effet de cow-boys, avec notre Sig-Sauer dans l'étui passé dans la ceinture du pantalon. Habituellement, nous nous arrangeons pour dissimuler notre arme de service sous une veste, mais par cette canicule il n'est pas envisageable de porter sur le haut du corps plus qu'un tee-shirt, un polo, ou une chemise.

Alors que Justin entre en contact avec le SRIJ* afin que les experts de la police technique et

*Service Régional d'Identité Judiciaire, basé à Rennes pour le Grand Ouest de la France.

scientifique nous rejoignent au plus vite, je sélectionne dans le répertoire de mon portable le numéro administratif du commissariat de Concarneau.

— Bonjour, Maxime Moreau, de la PJ de Quimper. Un corps a été découvert à Kériolet, savez-vous qui est l'officier qui est sur le coup ?

— Bonjour Capitaine, c'est Carlier qui vous parle. Le lieutenant Gaubert s'est rendu sur place. Voulez-vous son numéro de portable professionnel ?

— Non, inutile, je l'ai. Merci, bonne fin de journée, Carlier.

Carlier, Gaubert… Des hommes dont les visages me reviennent instantanément. Avant de rejoindre l'antenne locale de la PJ de Quimper, j'ai eu l'honneur d'officier dans ce commissariat, en tant que numéro deux, en soutien du commandant Daniel Bernier dont je n'ai pas de nouvelles depuis la dernière fois que je l'ai vu à Bénodet*. S'ils ne sont pas partis en retraite, beaucoup des policiers qui composent l'effectif ne me sont pas inconnus. Ce n'est pas du numéro pro de Frédéric Gaubert que je dispose, mais de son numéro personnel. Nouvelle pioche dans le répertoire, et j'obtiens mon ancien collaborateur.

— Salut Fred, comment ça va ?

— Salut Max. À moins que tu ne sois en train de te dorer la pilule, j'attendais ton coup de turlu.

*Voir *Coup de chaud à Bénodet*, même collection.

— Ce n'est pas pour tout de suite, les vacances. Le Proc' Colinet vient de nous charger de l'affaire de ton macchabée. On monte en voiture pile-poil à l'instant, on est là dans un quart d'heure si on ne traîne pas en route. Tu peux me faire un topo ?

— Il s'agit d'un homme d'environ quarante ans. Ce sont trois promeneurs qui l'ont découvert. À une vingtaine de mètres, à l'entrée sud, il y a un fourgon, qui est probablement celui de la victime. Sur la carrosserie figure la raison sociale d'un artisan de Névez.

— Tu as prévenu sa famille, s'il en a une ?

— Non. Je savais que l'affaire nous serait retirée, alors si je peux éviter cette corvée…

Ce n'est jamais drôle d'annoncer un décès, a fortiori lorsqu'il s'agit d'un meurtre. Je comprends l'attitude de Frédéric, et au fond de moi je me susurre que j'aurais fait de même.

— Laisse, on s'en chargera quand on sera certain de son identité. Merci de conserver un équipage pour éloigner les spectateurs en mal d'émotions fortes, ou de curiosité malsaine.

— Pas de souci. Les découvreurs sont ici, ils ont pour consigne de ne pas partir avant que tu les aies interrogés.

— Impeccable. On arrive !

Comme souvent, Simon s'est mis au volant. Alors que nous quittons la rue Théodore Le Hars où était garée une voiture banalisée de nos services, Justin renseigne à travers son masque :

— Ils râlaient, les gars du SRIJ. Vue l'heure, ils ne seront pas tôt chez eux, ce soir.

— Si ça peut les consoler, nous non plus. Allez, Simon, mets la gomme !

*

Nous avons pris un bon véhicule, car celui-ci dispose d'un gyrophare, ce qui n'est pas le cas de tous. Grâce à lui, et à l'usage effréné du klaxon et d'appels de phares, Simon a fait fissa pour nous conduire en dehors de Quimper, puis après un bon cent quarante sur la voie express, nous amener à l'entrée de Concarneau. Sur mon conseil, nous ne sommes pas descendus vers la ville, et n'avons pas pris la première route qui mène au bourg de Beuzec, commune rattachée depuis 1945 à Concarneau, mais avons poursuivi sur un petit kilomètre avant de virer à gauche. Quelques centaines de mètres, et sur notre gauche encore apparaît le parc du château. Conformément à ce que m'a annoncé Fred Gaubert, sous l'abri discret de grands arbres, un fourgon blanc surmonté d'une échelle sur la galerie apprend que Corentin Brassens est, ou était, électricien et également chauffagiste. Un numéro de portable et une adresse à Névez sont indiqués. Une voiture de police est garée en travers de l'allée. À l'ombre, deux agents en uniforme et porteurs d'un masque se tiennent prêts à interdire l'accès. Nous nous garons près d'eux, en veillant à laisser libre le passage pour les techniciens du SRIJ ainsi que le corbillard des pompes funèbres. Nous échangeons les formules habituelles de salut sans nous serrer la main, avant d'emprunter l'allée. Bien que les arbres soient habillés de leurs feuilles ou que des bosquets pourraient faire de bonnes cachettes pour des gamins jouant à délivrance ou cache-cache, nous apercevons deux hommes à une trentaine de mètres. Eux aussi nous ont vus, et l'un d'eux nous enjoint du bras, d'approcher, ce que nous aurions fait de toute façon. Sans peine, je reconnais le lieutenant Gaubert et le brigadier Vernet.

— Salut, les gars, dis-je quand nous ne sommes plus qu'à quelques mètres. Ça va comme vous voulez ?

— Nous, ça va, répond Frédéric en tapant son poing contre le mien pour éviter un contact trop intime et donc susceptible de favoriser la diffusion du virus de la Covid-19. C'est lui, là derrière, qui ne va plus du tout.

— C'est clair, renchérit le brigadier, il n'aura plus jamais mal aux dents. Ni ailleurs !

Ces plaisanteries sans profondeur pourraient choquer les non-initiés, mais elles ont pour effet de nous aider à nous composer une indispensable carapace, tant nous sommes confrontés à l'horrible au cours de notre carrière. Ce que je vois du corps n'est qu'un pantalon de jean, des chaussures noires, et en me déplaçant légèrement, un t-shirt à l'origine gris, et désormais strié de rouge sur le flanc. L'homme devait mesurer un bon mètre quatre-vingt, et était de solide constitution avant que deux balles dans le buffet ne le terrassent. Le teint mat, accentué par la saison, il a sur la tête une fine pellicule de cheveux coupés à la tondeuse.

— Lorsque les découvreurs nous ont appelés, indique Vernet, nous avons fait au plus vite. Sans piétiner les lieux, je me suis approché. J'ai vite pigé que c'était trop tard, il n'y avait plus rien à tenter pour le ranimer. Fred est arrivé quasiment dans la minute.

— J'ai immédiatement prévenu le parquet, confirme celui-ci. En attendant votre arrivée, un autre équipage est venu par l'autre accès uniquement utilisé par le ou les propriétaires du château. Personne n'entre ou ne sort sans notre accord.

— Parfait. Le ou les propriétaires sont présents ?

— Non, il n'y a personne. Habituellement, il y a des visites libres ou guidées tous les jours, mais on dirait que ce n'est pas le cas aujourd'hui. On va guetter leur retour.

— Le toubib est passé ?

— Oui. Coup de bol, il a qualité de légiste. En se basant sur la rigidité cadavérique, la couleur de la peau, la couleur des yeux, le teint cyanosé, il estime le moment de la mort une à cinq heures plus tôt ce jour, soit entre 10 et 15 heures, moment de la découverte du corps. Difficile pour lui d'être plus précis pour le moment.

— C'est sûr qu'entre la température de l'air et celle du sol, plus une multitude de facteurs qui entrent en jeu, ce ne doit pas être facile. Et les découvreurs où sont-ils ?

— Près du château. Ce n'était pas indispensable qu'ils restent à proximité.

— Vous avez bien fait. Nous allons les interroger, mais d'abord, avez-vous connaissance de l'identité de la victime ?

— D'après le nom sur le fourgon, il se nommerait Corentin Brassens.

— Vous êtes sûrs que c'est lui ?

— Ben… on n'en sait rien, oppose Gaubert, on ne le connaît pas.

— On va vérifier… Simon, Justin, on a le temps avant que le SRIJ soit là, alors voyez pour contacter son opérateur téléphonique et consulter le TAJ*. Oh, prévenez Margot Besson que l'autopsie devra avoir lieu demain matin. Qu'elle se débrouille pour

*Acronyme du fichier de Traitement des antécédents judiciaires.

décaler ce qu'elle avait prévu. Ensuite, allez enregistrer le témoignage des trois témoins et celui du ou des proprios du château pendant que j'irai avertir la famille. Mais avant, je vais m'assurer qu'il s'agit bien de Brassens.

Sous les regards interloqués des policiers concarnois, je m'éloigne tout en sortant mon téléphone portable de la poche arrière de mon pantalon. Quand je suis suffisamment près du fourgon pour le lire, je compose le numéro de l'artisan qui est domicilié à Névez, mais ne lance l'appel que lorsque je suis assez proche du corps sans pour autant polluer ce qui est communément désigné comme la scène de crime. La main tenant le portable à la hauteur de l'oreille, l'index de l'autre main en travers de la bouche, j'intime le silence, ce que ne respectent pas les oiseaux dans les ramures, mais impossible de les empêcher de piaffer.

Nous entendons distinctement une sonnerie, celle du strident dring qu'émettait le vieil appareil qu'il y avait chez mes parents, il y a de cela une trentaine d'années. Brassens ne faisait pas dans l'originalité. Si rien ne nous autorise encore à certifier qu'il est la victime, cet élément renforce cette possibilité.

— Il semblerait bien que ce soit lui. Une autre tentative d'authentification…

Sur mon portable, je vais sur le plus connu des réseaux sociaux et tape le nom et le prénom de la supposée victime. L'artisan y est référencé. La photo de sa page d'accueil montre un individu souriant, au cheveu ras, qui offre une tellement forte similitude avec celui allongé sur le sol que le doute est vraiment limité.

— Ça paraît se confirmer. Simon, Justin, on fait comme on a dit. Fred, tu veux bien filer un coup de main à Simon et Justin ? Vous ne serez peut-être pas trop de trois, selon ce qui se présente.

— Oui, pas de problème.

— Vernet, merci de maintenir le dispositif en place, sur les deux voies qui mènent au château, et merci aussi de diriger tout arrivant officiel vers nos collègues.

— Pas de problème pour moi non plus.

— Formidable. Merci les gars.

Avant de m'en aller, pendant que Justin et Simon vont à la voiture chercher un ordinateur portable et une imprimante, évitant de me faire voir sans pour cela me cacher derrière les frondaisons ou les fûts d'arbres imposants, je marche vers le château, histoire de constater si je connais les découvreurs du corps. Confortablement assis sur l'herbe, à l'ombre car le soleil darde ses rayons, deux femmes et un homme que je n'ai jamais vus patientent. Tous trois ont ce que l'on définit poliment par "un certain âge". De temps en temps, l'un ou l'une lâche un mot ou une courte phrase, auquel un ou une autre répond… ou pas. Subissant le contrecoup de leur sinistre découverte, il est vraisemblable qu'il leur tarde de quitter les lieux, afin de rentrer chez eux pour retrouver un peu de sérénité.

— Ils sont à vous, dis-je à mes équipiers quand je les croise en repartant. À tout à l'heure !

Dans la voiture, j'entre l'adresse de l'électricien-chauffagiste dans le GPS. Je n'ai plus qu'à me laisser guider.

*

Parce que je sais que je vais être confronté à des passages à cinquante ou soixante-dix kilomètres heure, je mets le gyrophare sur le toit et abuse du klaxon pour que s'écartent les escargots en promenade. Ce qui est rigoureusement interdit, tout en conduisant, je prends mon téléphone pour entrer en relation avec le commandant Claude Tammet, en poste à l'antenne brestoise de police judiciaire.

— Salut Maxime. Comment vas-tu ?

— Ça dépend des moments. C'est l'été, il fait beau, je serais donc plutôt enclin à affirmer que tout va pour le mieux, s'il ne m'arrivait un drôle de turbin.

— Toi, tu as besoin d'aide !

— Tu l'as senti à ma voix ?

— Pas du tout. Je me disais que c'était trop calme. Pour ce soir, j'avais projeté un pique-nique à la plage avec ma femme et deux couples d'amis, mais je pense que le programme sera ajourné. Raconte, Max !

— Trois promeneurs ont découvert un corps dans le parc du château de Kériolet, sur la commune de Concarneau. Le SRIJ devrait être sur place d'ici une heure trente. Le temps qu'ils fassent les constatations, il fera nuit, ou presque. La victime a reçu deux projectiles dans le haut du corps, et bien évidemment, autant que j'ai pu le constater, l'arme n'est pas à côté d'elle. Il se pourrait qu'elle soit sous le corps, mais ce n'est pas crédible qu'il se soit suicidé en se tirant deux balles avant de s'effondrer.

— Gros doute, en effet.

— Voilà pour te situer le contexte. Maintenant, et c'est l'objet de mon appel, en raison des lieux, j'aurais besoin d'aide pour fouiller le parc à la recherche de l'arme. As-tu du personnel disponible ?

— Cinq sont en vacances, un en arrêt de travail, nous sommes donc à neuf. Tu voudrais combien de personnes, pour te filer un coup de main ?

— Le plus possible.

— Il est grand, le parc ?

— J'ignore sa superficie, mais le parc d'un château n'est jamais petit. Compte plusieurs hectares, et tu auras une notion de la corvée qui nous attend. Tu sais aussi bien que moi que c'est le genre d'opération qui peut être de courte durée, si l'arme a été balancée dans le premier bosquet venu, comme elle peut tout aussi bien nous retenir une bonne partie de la nuit. Il se peut aussi que le tireur ait emporté l'arme avec lui.

— Hum... on a deux gars à auditionner, et à déférer ensuite devant le juge d'instruction puis sans doute à l'Hermitage*. Je laisse quatre agents ici et on débarque à cinq. Ça te va ?

— Parfait ! Avec la participation des collègues locaux, ça ira encore plus vite.

— On prend la route tout de suite, ou on a un peu de répit ?

— Tu connais la problématique, tant que le SRIJ n'est pas là, on ne touche à rien. Soyez ici dans deux heures, on commencera par la zone la plus éloignée.

— D'accord, tu peux compter sur nous.

Névez est une commune distante de Concarneau d'environ quinze kilomètres, soit environ douze depuis le château de Kériolet. Après la traversée de Trégunc, autre petite ville située à mi-route, la première route à droite m'emporte vers ma destination.

Au bourg de Névez, le GPS me prie de faire le

*La maison d'arrêt de Brest.

tour du rond-point proche de l'église, pour arriver à Kerlosquet, où un panneau indique qu'il s'agit d'un cul-de-sac. C'est dans ce lieu-dit qu'est bâtie la maison de Corentin Brassens. Un peu plus loin, à travers un grillage, je vois qu'elle est résolument moderne, et de construction récente. Elle est séparée d'un atelier par un jardin exclusivement planté d'une pelouse grillée par le soleil. Il n'y a pas de voiture sous le carport à ossature bois adossé au pignon. Faciles à monter et moins chères qu'un garage, ces structures fleurissent un peu partout au fil des années, protégeant les véhicules de la pluie ou de la lune, ou comme en ce moment du soleil. Le portail ajouré de la propriété est fermé, et quand bien même les battants seraient poussés, je ne me hasarderais pas à entrer, car un gros chien dont j'ignore la race quitte l'ombre protectrice de la maison et, de l'autre côté du portail, me fait comprendre à grand renfort d'aboiements et en montrant les dents qu'il ne goûte pas ma venue. Désemparé, je stoppe quand même le moteur et sors de l'habitacle. Aussitôt, une bouffée d'air chaud me fait regretter la climatisation.

Il y a un interphone, mais comme je le présumais, deux pressions à quelques secondes d'intervalle demeurent sans succès. Je vais pour tourner les talons quand s'arrête une Dacia Sandero recouverte d'une impressionnante couche de poussière. À l'origine, elle était blanche, ou grise, ou… La vitre se baisse sur le visage sec et bronzé d'un sexagénaire, aux épais et indisciplinés cheveux poivre et sel, à l'inégale barbe de la même couleur, dont les yeux bleus laissent filtrer curiosité et méfiance.

— C'est pour quoi ? s'inquiète-t-il via la vitre en partie baissée de la portière, avec dans la voix une once de brutalité qui me déplaît, même si je ne suis pas persuadé qu'il en ait conscience.

— Bonjour, Monsieur. Je voudrais voir madame Brassens. Vous la connaissez ?

— C'est ma fille.

À ses lèvres qui s'ouvrent et se referment sans proférer le moindre son, je devine qu'il brûle de me questionner, et que seule la bienséance le retient. En d'autres circonstances, mon esprit taquin me pousserait à le chauffer un peu plus, mais il importe de faire baisser la température.

— Je suis de la Police. Pourriez-vous me décrire physiquement Corentin Brassens, votre beau-fils ?

— Le décrire ? J'ai sûrement une ou deux photos dans mon portable. Ça vous intéresse ?

— Oui, s'il vous plaît, je ne voudrais pas me tromper de personne.

Sortant de sa voiture, il attrape un antique modèle dans une poche de son short, et les mains et les doigts tremblants, entreprend d'inspecter la galerie, à la recherche d'un cliché. Après avoir trouvé son bonheur, il me regarde, lève le menton pour un signe convenu dont en réalité je ne saisis pas le sens, et tourne l'appareil vers moi.

— Là, le grand à côté de moi.

S'il subsistait un doute malgré la présence du fourgon à Kériolet et les photos vues sur internet, il disparaît. Il s'agit bien du même individu. Sur l'image, il sourit largement, et a passé un bras amical sur les épaules de son beau-père.

— J'ai une terrible nouvelle à annoncer à votre fille. Savez-vous où elle est ?

— Une mauvaise nouvelle ! C'est quoi comme mauvaise nouvelle ?

— Où est-elle ?

— Elle est partie à la plage, avec les enfants.

— Vous savez comment la joindre ? A-t-elle un téléphone portable ?

— Oui. Attendez, j'ai son numéro.

Après consultation du répertoire, il lance la communication et s'éloigne de quelques pas tandis que je prends dans le coffre de la voiture un ordinateur portable afin de prendre le témoignage de l'homme dont je ne connais encore rien, à commencer par l'identité.

— Allô, Krystell, c'est moi. Il y a un monsieur devant chez toi. Il… il veut te voir pour un truc important.

— …

— Ah ben, je ne sais pas, moi. Tu es où, là ?

— …

— Bon ben, fais vite. Il dit que c'est une mauvaise nouvelle.

Il coupe la communication avant de revenir vers moi.

— Elle est à la plage avec les enfants. Le temps qu'elle revienne de Tahiti, elle sera là dans dix minutes.

En entendant cela, beaucoup sursauteraient et estimeraient que le pauvre homme ne dispose pas de toutes ses facultés. Mais pour bien connaître ce secteur du Finistère sud, je sais que Tahiti est le nom d'une plage sur la commune de Névez, et qu'il n'est pas nécessaire que sa fille et sa progéniture embarquent dans un avion pour rallier la maison depuis la Polynésie française. Le surnom du Tahiti breton vient du fait que cette plage, au sable blanc et à l'eau turquoise, est la plus belle de Névez. Elle offre un panorama exceptionnel sur l'île de Raguénez et l'île Verte, et plus loin à l'horizon, l'archipel des Glénan.

— Vous ne voulez pas me dire ce qui se passe ? tente mon vis-à-vis.

— C'est peut-être préférable. Vous vous appelez ?

— Olivier Pigeon. J'habite un peu plus loin, à Trégunc, dans la ligne.

— La ligne ?

— Oui. Ce n'est pas le vrai nom, mais nous ici c'est comme ça qu'on l'appelle, parce qu'avant c'est par cette ligne droite que passait le train qui allait de Trégunc à Névez.

— Ah, d'accord, je vois. Je n'avais jamais entendu parler de cela.

Ces considérations géographiques et historiques précisées, il faut maintenant s'atteler au plus délicat. C'est d'un ton neutre, en parlant lentement, que je dévoile finalement le but de ma visite.

— Monsieur Pigeon, je suis policier. Il y a une heure, nous avons découvert le corps de votre beau-fils, Corentin Brassens.

— Quoi ! fait-il en portant une main à son menton et en ouvrant la bouche de stupéfaction. Que… que lui est-il arrivé ?

— Il a été fait usage d'une arme à feu. Il ne s'est pas suicidé, on l'a abattu.

Les jambes comme sciées, il s'adosse à sa voiture.

— C'est pas vrai, c'est pas possible… On, c'est vous, la Police ?

— Non, bien sûr que non. Il a été assassiné. Pour l'instant, nous n'avons aucune piste. Savez-vous s'il avait des ennemis ?

Sous le choc, il peine à remettre ses idées en place. À plusieurs reprises, il secoue la tête de droite à gauche puis dans l'autre sens, avant de réfuter :

— Il ne m'a rien dit. Krystell non plus… comment je vais lui apprendre ça ? Et les petits !

Des larmes naissent à ses paupières, qu'il essuie du revers de la main. Plus que l'annonce du décès de son beau-fils, il donne l'impression que c'est la détresse de sa fille et de ses petits-enfants qui l'attriste. Il faudra éclaircir ce point, en nous renseignant sur la qualité de la relation entretenue par les deux hommes, et sur son emploi du temps de la journée.

Par la vitre restée baissée, il laisse tomber son téléphone sur le siège. Se retournant lentement, il pose les mains sur ses hanches et hoche la tête, se demandant par quels mots il va accueillir sa fille, et lui expliquer la terrible réalité.

— Vous préférez que je lui parle ? Je suis un peu habitué à cela, monsieur Pigeon, je peux le faire. Vous vous occuperez des enfants pendant ce temps… Quel âge ont-ils ?

— Jules a quinze ans, Manon treize, et Morgane onze.

Pour les adolescents ou préadolescents, l'épreuve sera difficile. Peut-être faudra-t-il un soutien psychologique, mais de cela ce sera à la famille de décider et de s'en occuper.

— Si vous êtes d'accord, vous les prendrez à part, pendant que je m'isolerai avec votre fille.

Alors qu'il s'était tu et était retourné à l'ombre,

le chien s'approche à nouveau et recommence à aboyer.

— Le chien vous connaît ?

— Oui. Je viens souvent chez eux.

— Pouvez-vous l'attacher, s'il vous plaît, ou l'enfermer. Quand votre fille arrivera, nous aurons autre chose à faire que de nous soucier de lui.

Sans répondre, il ouvre étroitement un panneau du portail, et tout en veillant à ce que le molosse ne s'enfuit pas, le referme après son passage.

— Viens ici, Teignou ! Viens !

Après quelques aboiements, l'animal se laisse attraper par le collier, signe qu'il n'est pas la teigne que laisse présager son nom, et de bon gré chemine au côté de l'homme qui le guide vers l'atelier, un local de huit mètres sur dix. Maintenant que tout risque de morsure est écarté, j'ouvre le portail en grand pour faciliter l'entrée de la voiture lorsqu'elle se présentera. La porte de l'atelier close sur le chien qui manifeste son irritation en grattant le battant de ses griffes et en aboyant, Olivier Pigeon revient vers moi, d'une démarche pesante. Lorsqu'il est tout proche, il assure :

— Corentin n'avait pas d'ennemis. Je pense qu'il me l'aurait dit, sinon.

— Je suis disposé à vous croire. Venez, allons à l'ombre, on va choper un coup de bambou si on reste en plein soleil.

Nous marchons côte à côte vers la terrasse, et en respectant la distanciation sociale, nous asseyons sur des chaises qui entourent une table au plateau de verre. Nous restons silencieux, aucun de nous deux n'osant prendre la parole pour ne pas troubler l'autre, et le laisser réfléchir. Tout en tapant sur le clavier l'état civil d'Olivier Pigeon, puis ses réponses à mes questions depuis son arrivée, j'écarte ma chemise pour souffler un peu d'air sur mon torse. Quand après plusieurs minutes de frappe j'ai tout couché sur l'écran, je hasarde un constat :

— Il y a pourtant quelqu'un qui est passé à l'acte. Quand avez-vous vu Corentin pour la dernière fois ?

— Hier soir. J'avais passé une bonne partie de l'après-midi dans mon champ, à bricoler et à ramasser des haricots verts, et des fraises. En rentrant, j'ai vu que la voiture de Krystell était là. Je me suis arrêté pour leur donner une partie de ma récolte, et régaler les petits. Ils venaient de rentrer de la plage. Pendant que les gosses allaient prendre une douche, Krystell et moi on a discuté, puis Corentin est rentré du boulot. On a bu une bière ensemble, et après je suis parti chez moi.

— Comment était-il ? Paraissait-il nerveux, mal dans sa peau, contrarié ?

— Non, il était normal. Jamais je n'aurais pu me douter que… que je le voyais pour la dernière fois.

Il consulte sa montre, soupire, et garde ses yeux embués braqués sur la pelouse jaunie, déjà en manque d'eau.

— Sa boîte marche bien ? Ils n'ont pas de problèmes financiers ?

— Il a du boulot. Il a une bonne réputation, c'est un bosseur.

Sans s'en apercevoir, il parle au présent tant la disparition de son gendre ne s'est pas encore ancrée en lui, jusqu'à ce que la réalité le rattrape.

— C'était un bon gars.

— Entre lui et votre fille, ça se passait bien ?

— Oui. Comme pour tous les couples, il y avait sûrement des mises au point de temps en temps, mais rien de dramatique. Si leur couple avait foiré, ajoute-t-il après un silence, je suis certain que Krystell me l'aurait dit.

— Ont-ils des amis avec qui ils se sont brouillés récemment ?

L'espace de mon interrogation, il a changé de position, posant ses coudes sur la table et ajustant son front sur les paumes de ses mains. Il demeure ainsi, avant d'émettre :

— Pas à ma connaissance, mais ils ne me disent peut-être pas tout.

Conservant les coudes sur le plateau de verre, il redresse le dos, de sorte que ses mains enserrent une partie de son cou.

— Mais qu'est-ce qu'elle fait ? Elle devrait être là, pour maintenant.

Me doutant que ce ne doit pas être aisé de réunir la marmaille qui préférerait rester à la plage avec copines et copains, j'augure qu'il s'écoulera encore une dizaine de minutes avant le retour de la famille, qui ne se sait pas encore endeuillée. Autant profiter de ce répit pour mieux cerner le quotidien des concernés.

— Votre épouse, la maman de Krystell, est à la maison ?

— Non. Enfin, pas dans la mienne, mais peut-être qu'elle est chez elle. Faudrait que je la prévienne.

Se levant et plongeant les mains dans les poches de son short dans une posture empreinte de timidité, il explique :

— On s'est séparés. La cohabitation, pendant le confinement du coronavirus, nous a fait comprendre qu'on n'avait plus rien à se dire. Ensemble nuit et jour pendant de longues semaines, ce n'était plus vivable. Je vais chercher mon téléphone que j'ai laissé dans la voiture.

Je le vois marcher vers la sortie, se pencher et passer un bras par la vitre, puis se rendant compte que le carreau n'est pas assez baissé, ouvrir la portière. Trois ou quatre phrases après avoir lancé l'appel, et il revient vers moi.

— Elle sera là dans dix minutes. Elle habite à Pont-Aven.

Une nouvelle période de mutisme suit, que je brise car je veux en savoir plus sur cette famille, et les différents membres qui la composent.

— Avez-vous d'autres enfants ?

— Oui, deux autres filles, mais Krystell est la seule qui est restée dans la région. Cathy habite à l'est de Paris, et Servane vit à Montpellier. Je les vois moins souvent, évidemment.

— Elles sont par ici, en ce moment ?

— Non. Elles seront en vacances en août.

Deux hypothèses à barrer de la liste.

— Krystell travaille dans quel domaine ?

— Elle est en vacances en ce moment, mais en temps normal elle garde des enfants à son domicile. Elle en garde trois. Plus les siens, elle ne chôme pas pour tenir sa maison.

— Parlez-moi de votre ex-femme, s'il vous plaît.

— Elle est en retraite depuis six mois. Elle vient souvent ici filer un coup de main à Krystell.

— Elle a refait sa vie ?

— Je ne sais pas, et je m'en fous. Pour être franc, je ne veux pas le savoir. Elle m'a fait assez de mal comme ça, pendant la séparation. Je ne veux plus entendre parler d'elle… Avant le coup de téléphone, je ne lui avais pas parlé depuis des mois. Et je m'en porte très bien.

— Par du mal, que voulez-vous dire ?

— Je voulais rester dans la maison, que je tiens de mes parents, et comme nous étions mariés sous le régime de la communauté, elle a obtenu la moitié de la valeur de la maison, et la moitié de ce qu'on avait à la banque. À soixante-quatre ans, je me retrouve avec un prêt pour rembourser sa part de la maison, alors qu'elle m'appartenait à l'origine. Je n'ai pas une grosse pension, alors heureusement que j'ai mon champ pour cultiver des légumes, sinon ce ne serait pas facile tous les jours.

— Je comprends.

Sa situation n'est pas enviable, mais étant acquis que la disparition de son beau-fils n'entraînera pas de changement, ce n'est pas suffisant pour l'écarter de la liste des suspects.

— Dans votre champ, vous voyez du monde passer ou c'est un endroit retiré ?

— Heureusement qu'il y a le voisin pour papoter un peu, sinon certains jours je n'ouvrirais pas la bouche. Sauf quand je vais à la boulangerie, ou faire des courses. C'est un gars de ma classe, on se fréquente depuis l'école. C'est lui qui m'a trouvé le champ à côté de chez lui. Je l'ai eu pour trois francs six sous car il connaissait le paysan qui le vendait. Ouais, heureusement que je l'ai, le copain Benoît, il me soutient moralement.

Il consulte sa montre, soupire d'exaspération en

lorgnant vers le portail, où, à son grand désespoir et au mien aucune voiture ne se présente encore. Le bruit d'un moteur nous fait tendre l'oreille, mais sans s'arrêter elle poursuit sa route vers le fond de l'impasse.

— J'étais depuis ce matin au champ. J'avais emporté le pique-nique, et comme il est veuf, on a mangé ensemble à midi. Ça fait de la compagnie, à lui comme à moi.

— Lui aussi cultive un terrain ?

— Pas un terrain, mais comme il a de l'espace, depuis toujours une partie de son jardin est transformée en potager. Quand il sait que je suis là, il vient me voir.

— C'est sympa. Il vous a rejoint dès ce matin, alors ?

— Même pas, il était déjà dehors quand je suis arrivé. Il devait me guetter.

— Ça devait taper, en plein cagnard.

— Oh, je ne suis pas fou. J'ai un cabanon à l'ombre des pins maritimes, et là-dedans il fait bon, été comme hiver. Je suis équipé, j'ai un salon de jardin pour manger le midi ou boire un coup avec Benoît. J'ai aussi un transat, alors parfois je fais une sieste.

— Il faut savoir s'économiser, par cette chaleur. C'est plus prudent.

Cette conversation en apparence anodine et neutre,

uniquement dans le but de tromper le temps, me permet d'accumuler des renseignements qu'il me faudra valider lors d'une rencontre avec ce voisin, le dénommé Benoît.

Durant les minutes qui suivent, entrecoupées d'une pause lorsque passe une rare voiture qui ne s'arrête pas, il narre ses plantations. J'apprends ainsi qu'il fait pousser, outre des haricots verts et des fraises, des tomates, des petits pois, du maïs pour les quatre poules qui sont dans le petit jardin de sa maison, des framboises, des cassis, et toutes sortes de légumes au rythme des saisons.

Enfin, le bruit du moteur d'un véhicule qui ralentit capte notre attention. Une Opel Corsa rouge stoppe devant le grillage.

— Ce n'est pas Krystell, c'est mon ex-femme. J'espère qu'elle va attendre dehors.

Malgré le décès, il n'est pas disposé à pardonner.

— Vous lui avez dit, pour Corentin ?

— Non, seulement qu'il fallait qu'elle vienne, qu'il était arrivé une catastrophe.

— Je suggère que nous arrêtions momentanément la prise de votre témoignage, nous le reprendrons tout à l'heure. Restez là, je vais la mettre au courant. Nous ne serons pas trop de trois pour entourer votre fille quand je devrais lui annoncer à son tour la triste nouvelle.

La femme reste dans sa voiture, sans doute pour

bénéficier de la climatisation qui rend l'attente plus supportable… ou pour limiter le contact avec le père de ses trois filles. Je vais pour lui demander de baisser la vitre quand une autre voiture survient, un Espace Renault noir. Elle n'est pas autant couverte de poussière que celle du père, qui ne doit pas souvent nettoyer sa Dacia, et je suppose que la terre du parking de la plage de Tahiti n'est pas étrangère à cet état.

Tout en manœuvrant pour emprunter la courte allée, elle a reconnu les véhicules de ses parents. Inéluctablement avertie de leur brouille, elle doit s'interroger sur les circonstances qui font qu'ils sont réunis au même endroit. Son œil suspicieux m'inspecte. Elle essaie de se remémorer si nous nous sommes déjà croisés, pour peut-être définir le motif qui a écourté l'après-midi de plage. Sur la banquette arrière, la cadette fait un geste de la main à sa mamie qui s'extrait de son Opel. Je note que le garçon ne les accompagne pas.

— Bonjour Madame. Avant que Krystell et les enfants ne sortent de la voiture, je vous annonce la mort de Corentin Brassens. Merci d'être forte, et de m'aider à l'informer de cette terrible nouvelle. Olivier va se charger des enfants.

Allure sportive, en short et débardeur assortis car tous deux d'une pétillante couleur fuchsia, courts cheveux châtains, sûrement teintés pour dissimuler les cheveux gris ou blancs, le visage encore lisse, elle n'a pas l'apparence d'une retraitée. De surprise, sa bouche dessine un O majuscule, tandis qu'elle se tourne pour masquer son bouleversement. Elle ne peut encaisser cette épreuve et d'un claquement de doigts passer à autre chose, mais par amour pour sa fille, elle parvient à se ressaisir après deux secondes d'abattement. Reprenant sa position initiale, elle dédie un sourire crispé à Krystell qui approche, alors que le papy ordonne aux enfants de le suivre dans la maison. En maillot de bain, elles se saisissent de leur serviette posée sur la banquette, et obéissent l'air bougon.

— On a fait aussi vite que possible, explique la maman venant vers sa mère et moi, tout en ajustant un masque jetable. Les filles étaient à l'eau. Le temps qu'elles en sortent, qu'elles se sèchent un minimum, et… Que se passe-t-il ?

— Bonjour madame Brassens. Je suis le capitaine Moreau, de la police judiciaire de Quimper. J'ai une très mauvaise nouvelle à vous communiquer. Votre mari, Corentin Brassens, est décédé.

Comme sa mère un peu plus tôt, je devine que sous le masque elle ouvre la bouche sans qu'aucun son n'en sorte, et avant que nous n'ayons pu anticiper un seul geste, elle perd connaissance, et s'affale de tout son long. Pareille mésaventure ne m'est pas arrivée souvent. Sous les cheveux courts, mais, contrairement à ceux de sa mère, teints en blond, son visage aux joues pleines a pâli instantanément. Autant la mère est d'un petit gabarit, autant la fille pour la même taille doit peser une vingtaine de kilos de plus. La relever et la porter à l'ombre ne doit pas être une sinécure. Alors, avant de le faire, nous lui prodiguons quelques petites tapes sur le visage. Cinq suffisent pour qu'elle retrouve un minimum de couleurs et reprenne ses esprits. Faisant fi du masque que sa mère a retiré, je l'aide à s'asseoir, et cède à sa maman le soin de la réconforter. Malgré la canicule, celle-ci la serre dans ses bras à l'étouffer. Petit à petit, du rouge colore ses traits, qu'un torrent de larmes noie aussitôt. Blottie contre l'épaule maternelle, sans se retenir elle vide le trop-plein d'émotion, réaction bien naturelle.

Après deux bonnes minutes, quand sa respiration s'est un tantinet calmée et que les pleurs se sont faits moins denses, nous la soutenons chacun par un bras pour que dans un premier temps elle puisse s'asseoir. Quand c'est fait, je conseille :

— Venez sur la terrasse, ce sera plus confortable.

Nous ne sommes pas trop de deux pour la remettre en position debout, et la diriger vers une chaise. Tandis que la maman, dont je ne connais ni le nom ni le prénom, va chercher de l'eau, j'expose les circonstances de la mort, et notre légitime désir d'en identifier la cause et plus encore le coupable.

— Nous savons qu'il a été victime de deux coups de feu, dans le parc du château de Kériolet, à Concarneau. Son corps a été découvert il y a un peu plus d'une heure. Nous n'avons pas de témoin, nous devons donc tout mettre en œuvre pour faire progresser l'enquête. Ça va, jusque-là ? Vous comprenez ce que je dis ?

Je ne mets nullement en cause ses capacités, je m'efforce seulement de savoir si elle est apte à participer à une conversation. Ayant enregistré sur le disque dur de l'ordinateur la feuille consacrée à Olivier, j'en ouvre une autre pour recevoir le témoignage de la femme de la victime. Cela peut paraître immoral de le faire alors qu'elle ne dispose pas de toutes ses facultés, mais il est impératif de l'entendre tout de suite pour, peut-être, glaner à chaud une ou des informations on ne peut plus précieuses. Remettant à plus tard la prise de son état civil, je lui fais comprendre que je suis tout ouïe.

— Nous ignorons, madame Brassens, qui peut être le coupable. Par conséquent, j'espère que votre témoignage nous permettra de progresser. Savez-vous ce que votre mari faisait dans ce parc ?

— Non, dit-elle en accompagnant sa réponse d'un lent et léger haussement des épaules.

— À votre connaissance, lui arrivait-il d'y aller ?

— Non, ou alors il ne me l'a jamais dit.

— Où devait-il aller aujourd'hui ?

— Il travaillait. Ce matin, il m'a dit qu'il allait sur un chantier, à Lambell.

— Vous connaissez le nom de son client ?

— Oui. Gladys et Georges Glémarec. Les Rouroux, comme disait Corentin en rigolant, par rapport à leur couleur de cheveux.

D'évoquer l'amusement de son mari, un instant de joie comme ils n'en auront plus jamais ensemble, et elle pas de sitôt, déclenche de nouvelles larmes. Elle respire fort par la bouche pour capter le maximum d'oxygène et endiguer la déferlante, ce qui fonctionne plutôt bien. J'attends qu'elle soit en état de répondre pour continuer sur le même sujet.

— Voyez-vous une raison qui l'aurait poussé à modifier son emploi du temps, à ne pas aller chez les Glémarec, ou à en repartir ?

— Non aucune, sauf peut-être pour aller acheter du matériel.

Le retour de la maman, un verre d'eau à la main, interrompt l'échange. Krystell boit deux gorgées, pendant que du regard je signifie à la serveuse improvisée que tout va bien, elle peut me laisser le champ libre. Mes yeux orientés en direction de l'étage de la maison sous-entendent qu'il serait sans doute pertinent qu'elle aille assister Olivier. Elle agrée d'un hochement du menton, mais n'a pas le temps de pivoter sur ses talons avant que sa fille l'attrape par le bras.

— Comment vais-je le dire aux enfants ? Il faut que je prévienne Jules.

— Il n'était pas avec vous à la plage ? s'étonne la grand-mère.

— Si, mais il y est allé en scooter, avec ses copains.

— Attends, je l'appelle pour lui dire de rentrer.

— Comment vais-je trouver les mots ? s'alarme Krystell, les paupières mi-closes tant elles lui font mal d'être sollicitées à outrance.

— Ton père est en train de le dire à Manon et Morgane, tempère sa mère tout en cherchant le numéro dans le répertoire de son portable. Il a toujours su parler aux enfants. Ils l'adorent, c'est peut-être mieux que ce soit lui qui s'en charge.

Un reniflement monumental et un oui de la tête entérinent cette proposition, déclenchant le départ de sa mère vers la maison. Elle en revient rapidement. À défaut de parler directement à son correspondant car ne désirant pas être dans la même pièce que lui, depuis le pied de l'escalier elle lui a crié de contacter Jules pour qu'il quitte la plage et nous rejoigne.

— Allez seconder Olivier, Madame. Je reste avec votre fille.

Malgré son assentiment dix secondes plus tôt, elle hésite avant de se plier à ma supplique d'un signe du menton. Elle doit redouter d'être en présence de celui avec qui elle a vécu durant des décennies, et élevé leurs trois filles. Tant que chacun avait ses activités, professionnelles ou autres, la cohabitation se faisait sans accrocs notables, mais l'apparition de la Covid-19 et le confinement qui a suivi, ont eu raison de leur vie de couple. Mais il est des circonstances graves, où il faut faire la part des choses, pour le bien commun. De plus, elle et le papy sont des gens responsables, et le moment est mal venu, surtout en présence des enfants fraîchement orphelins de leur père, pour régler leurs comptes. C'est d'un pas convaincu qu'elle entre dans la maison. Quand elle disparaît de notre vue, je reprends la conversation :

— Votre mari vous a-t-il parlé d'une embrouille qui aurait eu lieu récemment ?

— Non.

— Ça pourrait être avec un client indélicat, un fournisseur, un concurrent…

— Non. S'il avait eu des problèmes, il m'aurait avertie. On se disait tout, on n'avait pas de secrets l'un pour l'autre. C'est la promesse que nous nous sommes fait quand nous avons décidé de vivre ensemble : tout se dire, ne jamais se mentir.

Indubitablement, ne rien passer sous silence est synonyme de mauvaise surprise évitée, mais pour tous les couples, ou presque, il est des faits, des rencontres ou des conversations, qui sont tus afin de ne pas chagriner l'être aimé, ou ne pas réveiller son courroux. On n'évoquera pas avoir croisé et discuté avec une personne que notre pendant déteste, sachant que cela ternira son allant, et par ricochet la suite de la journée ou de la soirée. Cependant, lorsque d'aventure le conjoint découvre plus tard qu'on lui a menti, même par omission, la riposte est plus tranchante que n'aurait pu être la petite brouille initiale. À vouloir le ou la protéger, on peut finir par s'en mordre les doigts. Cruel dilemme.

— Pratiquait-il une activité en dehors de son travail ? Du sport, une activité artistique, ou était-il membre d'une association ?

— Sa passion, c'était la pêche. Il y allait régulièrement, en mer ou en rivière, selon la saison.

— Y allait-il seul, ou avec des copains ?

— Le plus souvent avec un copain, comme samedi dernier, mais parfois seul. Il travaillait seul, et cela lui plaisait. Idem pour la pêche.

— Où allait-il pêcher ?

— Souvent, il se rendait sur la digue ou sur les rochers de Trévignon. Parfois, son copain lui proposait une sortie en mer, sur son bateau.

— Le nom de cet ami ?

— Pierre Oisemonde. Il habite à Kercanic.

J'ai toujours dans la poche de mon blouson un petit carnet noir sur lequel je note ce type de renseignements. En cette saison, le blouson est à la maison. Je grave le prénom, le nom, et le lieu de résidence dans ma mémoire, nul risque qu'il s'en échappe.

— Voyez-vous un élément à me rapporter, madame Brassens ? Un élément qui pourrait nous mettre sur la voie de l'assassin.

Elle tente de réfléchir, mais je perçois nettement qu'elle n'est pas en état de le faire correctement. Je m'efforce de l'aider.

— Sur le plan familial, il n'y a pas d'accrochage ? Avec votre famille, ou avec la sienne ?

— Non. Corentin était fils unique. Son père est décédé il y a quatre ans, et sa mère l'année dernière.

Ceci pourrait simplifier la donne, car il est bien connu que dans ce genre d'affaires, bien souvent le coupable est un proche. Un membre de la famille ou un ami de longue date.

Exténuée, terrassée par la soudaineté et la brutalité de la sombre réalité, elle ne peut refréner un bâillement.

— Nous allons arrêter là, madame Brassens. Je vais imprimer l'entretien que nous venons d'avoir, et je vous demanderai de le signer. Je reviendrai vous voir demain matin. D'ici là, essayez de vous reposer, et si vous avez le temps de vous souvenir d'une conversation ou d'un nom lâché à la volée, cela pourrait nous aider. Voici ma carte, vous pouvez m'appeler à n'importe quelle heure. Courage,

Madame. Pensez à vos enfants, ils ont besoin de vous.

Lorsque sa mère nous rejoint quelques minutes plus tard, je les laisse et, comme plus tôt l'ex-épouse d'Olivier Pigeon, je hèle celui-ci depuis le pied de l'escalier. Il descend peu après, et d'une mimique me fait comprendre que pour Manon et Morgane, la terrible épreuve ne fait que commencer.

Reprenant sur l'ordinateur la feuille sur laquelle j'avais enregistré notre première conversation, je l'agrémente de quelques interrogations, mais il ne peut m'apprendre rien de plus que ce qu'il a déjà raconté. Quand l'imprimante crache le document, il signe sans vraiment écouter ce que je relis, ses pensées vagabondant vers des contrées légères et primesautières, au périmètre infini, l'exact contraire de ce à quoi lui et toute la famille seront soumis durant les prochains jours, les prochaines semaines…

Constatant qu'il a la gorge sèche, et pas uniquement en raison de la chaleur, il propose :

— Voulez-vous boire un verre d'eau ?

— Ce n'est pas de refus, monsieur Pigeon. Ça m'arrangerait si vous pouviez dire à votre ex-épouse de venir.

— M'ouais, je lui dis.

Il n'est pas enchanté de devoir adresser la parole à celle qui fut durant des décennies la femme de sa vie, mais en cette circonstance exceptionnelle, il ne rechigne pas.

Il s'en faut d'un petit délai avant qu'elle arrive, deux verres et une bouteille d'eau plate à la main.

— Vous voulez me voir ? s'inquiète-t-elle en remplissant les verres.

— Oui, vous voir et vous entendre. Merci, Madame.

— J'aimerais retourner auprès de ma fille. Elle a besoin de moi.

— Restez, s'il vous plaît. Les jours à venir, voire les semaines à venir, elle aura aussi besoin de vous. Son père vous remplace, pendant que je vous auditionne seul à seule. Il n'y en aura pas pour longtemps.

Contrariée par mon entrée en matière, elle s'assoit sur la chaise précédemment occupée par Olivier. Je vide la moitié de ce qu'elle m'a servi avant de passer aux choses sérieuses.

— Pour commencer, il me faudrait votre identité.

— Je m'appelle Christine Michener. J'ai repris mon nom de jeune fille. J'habite à Pont-Aven, rue Émile Bernard.

— Bien, dis-je après avoir entré ces informations. Il y a de fortes chances que Corentin connaissait son meurtrier. Ou sa meurtrière. J'en ai parlé avec Olivier et Krystell, mais aucun des deux n'a fait allusion à un problème notoire. Quelle est votre opinion sur ce point ?

— Vous croyez que c'est quelqu'un de la famille qui aurait tué Corentin ? fait-elle estomaquée, la main qui était sur le verre allant se poser à l'emplacement de son cœur. Non, ça ne peut pas être vrai. On n'est pas comme ça.

Le ton est péremptoire. Pas de ça chez nous !

— Rien n'indique qu'il s'agit d'un hyperproche mais il y a pourtant eu passage à l'acte. Comme Krystell et Olivier, pourriez-vous me dire si vous avez remarqué quelque chose, entendu une conversation, ou surpris un regard, ou n'importe quel fait qui pourrait nous aider ?

— Franchement, non. Corentin n'était pas ce qu'on appelle un taiseux, mais il parlait rarement de lui ou de son boulot. Il aimait les autres, il les questionnait sur ce qu'ils avaient fait durant la journée, ou durant la semaine écoulée. Il prenait des nouvelles de tout le monde, mais il parlait peu de lui. Quand je lui posais des questions sur son boulot, il disait toujours que ça allait.

— C'était vrai ?

— Je n'en sais rien. Je sais que ma fille ne manque de rien, mais ils travaillent tous les deux, donc ça va. Ils ne roulent pas sur l'or, mais ils ne sont pas non plus à plaindre. C'est l'essentiel.

— Il existe un lien particulier entre une maman et son enfant, surtout lorsqu'il s'agit d'une fille, alors Krystell a-t-elle déjà abordé avec vous des scènes de ménage entre elle et Corentin ?

— Oui, mais jamais rien de sérieux. Des prises de bec comme chez tout le monde, rien de dramatique.

— Il ne s'en est jamais pris à elle physiquement ?

— Ah jamais ! Krystell est une féministe convaincue, elle me l'aurait dit tout de suite, même sous la menace de son bonhomme, et elle aurait fui son foyer en emmenant ses enfants. Ou alors, je l'aurais senti. Il y a des choses qu'une mère sent.

Comment ne pas lui faire confiance ? Il est des paroles qui ne trompent pas, surtout lorsqu'elles sont assénées avec une profonde détermination, et soutenues par un regard d'une froide et franche sincérité.

— Jamais de coup de gueule avec les voisins, d'autres artisans, ou d'autres personnes encore ?

— Alors là, aucune idée ! Krystell et moi sommes très proches, elle me l'aurait sans doute dit s'il y avait eu un coup de Trafalgar.

Il y a belle lurette que je n'ai pas entendu cette expression. Si les circonstances n'étaient aussi tragiques, je m'en amuserais. Une nouvelle gorgée d'eau pour réfléchir.

— Et Manon et Morgane, vous ont-elles parlé d'un problème qu'elles jugeraient assez important pour justifier qu'un individu passe à l'acte ?

— Non, fait-elle avec une telle virulence que j'en déduis qu'elle en aurait fait écho dès le début de notre entretien.

Sans nécessairement souffler le chaud puis le froid, je vogue d'un sujet à un autre.

— Sur un plan plus personnel, que pensait Corentin de votre divorce ?

— Il n'a jamais fait de commentaire désobligeant. C'était notre choix, il le respectait.

— Où est exactement votre ancienne maison ?

— En partant d'ici, vous prenez en direction de Trégunc. Plusieurs centaines de mètres avant le cimetière, elle est sur votre droite, un peu avant l'école Diwan qui est sur la gauche. Vous verrez, c'est une maison aux volets verts. Dans le jardin, il y a une balançoire pour les petits, et un poulailler.

Christine Michener semble être une femme forte, une femme de tête. Voyons si elle va tolérer la suite.

— Je ne vous l'ai pas demandé, mais qu'avez-vous fait aujourd'hui entre 10 et 15 heures ?

— Heu… Qu'est-ce que… ce matin, j'ai fait des courses.

— À quel endroit ?

Sidérée, je la sens capable de se fermer comme

une huître, ou de m'envoyer bouler et de ne plus répondre.

— Mais dites-moi, vous ne me soupçonnez pas, j'espère ?

— Comme je vous le disais, dans une affaire criminelle, il n'est pas rare que le coupable soit un proche de la victime. Par conséquent, nous devons examiner toutes les possibilités. Surtout, n'y voyez aucune suspicion vis-à-vis de vous en particulier, j'agis de la même manière avec toutes les personnes qui gravitent autour de Corentin. Alors, où êtes-vous allée faire vos courses ?

— À côté de chez moi, à l'Intermarché.

— Vers quelle heure ?

— Hou, fait-elle en tentant de se remémorer sa matinée, je n'en sais rien. Ah si, j'étais de retour à la maison à 11 heures 20.

— D'accord, et ensuite ?

— Je suis rentrée à la maison, j'ai rangé mes courses, et j'ai préparé mon repas.

— Seule ?

Elle ne goûte pas ma façon de procéder. En d'autres circonstances, et surtout si je n'étais pas de la Police, elle me ferait comprendre ce que moi et mes questions lui inspirons.

Prenant sur elle, c'est sans ironie et en haussant les épaules qu'elle réplique :

— Pas le choix, je vis seule.

— Avez-vous reçu un coup de téléphone, ou avez-vous téléphoné ?

— Je ne sais pas, je ne sais plus. Attendez !

Elle rentre dans la maison, et revient quelques secondes plus tard, son portable à la main. Elle pose le doigt sur le cadran à plusieurs reprises, et délivre enfin ses informations :

— Ma copine Sylviane m'a téléphoné à midi trois minutes.

— D'accord. Et après le repas, qu'avez-vous fait ?

— La vaisselle, et après j'ai regardé les informations à la télé. Krystell m'a téléphoné un peu avant 14 heures pour savoir si j'allais à la plage avec elle et les enfants. J'ai dit non, parce qu'hier j'ai attrapé un coup de soleil. Tenez, regardez, fait-elle en désignant de la pointe du menton ses bras uniformément rougis.

Je prends le temps de taper sa repartie avant d'approfondir ses achats du matin.

— Comment avez-vous réglé vos courses au supermarché ?

— Par carte, réplique-t-elle sans montrer d'agacement. Je n'utilise plus de chéquier depuis des années.

Je n'ai plus de questions, mais ses réponses m'obligent à quelques recherches. Krystell et son père sortent dans le jardin, pour quelques pas. Étourdis de fatigue, les traits tirés, il est évident que pour tous la journée paraîtra interminable. Et quand bien même inexorablement le soir et la nuit viendront, rien ne dit qu'ils se reposeront.

— Je n'ai pas pensé à vous le demander, fait la veuve d'une voix lasse, mais quand pourrai-je le voir ?

— Demain, madame Brassens.

— Pas avant ! s'écrie-t-elle en recouvrant un peu d'énergie. Je veux le voir aujourd'hui ! lâche-t-elle dans un souffle qui ne saurait tolérer la contradiction.

— Ce n'est pas possible. Il a été conduit à Brest, pour l'autopsie.

Ce mot et ce qu'il implique d'images colportées principalement par les films à la télévision ou au cinéma, véhicule découpages et prélèvements, ce qui n'est pas admissible par les proches. Si c'est pourtant bel et bien ce qui va se produire, il m'appartient de dédramatiser en travestissant la réalité.

— Ce sera juste un examen visuel du corps. Je pense que la spécialiste le fera demain matin. Vous pourrez voir Corentin demain après-midi, si la médecin-légiste n'est pas trop occupée.

Larmes et gémissements pour les deux femmes, mine compatissante et paroles d'encouragements de ma part, dans un jardin envahi d'une atmosphère lourde en émotions.

Je relis à Christine Michener le contenu de notre

échange, et quand elle donne son accord, je lance l'impression du procès-verbal d'audition, qu'elle signe sans regimber.

— Jules doit-il arriver bientôt ?

— On ne sait pas. La batterie de son téléphone doit être à plat, sinon il aurait rappelé, ou il serait déjà là.

— Je repasserai le voir, ainsi que ses deux sœurs. À plus tard.

II

Sur la route qui me ramène en direction de Concarneau, après la traversée de Trégunc, je vire à gauche au rond-point Guy Cotten, baptisé ainsi en hommage au créateur de vêtements qui, en mer comme à terre, équipe professionnels ou aficionados de l'univers maritime. Lambell, où demeurent les surnommés Rouroux, est un ancien hameau qui, au fil du temps, s'est considérablement développé. Plus loin, cette route traverse d'autres hameaux, et dessert de nombreuses plages d'une grande beauté, avant d'atteindre les marais de Trévignon, propriété du Conservatoire du Littoral. Sur six kilomètres de dunes et étangs, on peut observer une grande variété d'oiseaux. Le charmant petit port éponyme possède un indéniable charme, avec l'ancien château construit quasiment au bord de l'eau, les chaos de rochers monumentaux, le phare blanc et vert, et l'abri du canot de sauvetage de la SNSM. Ce canot tous temps a pour nom *Ar Beg*, "la pointe" en breton, une forme de clin d'œil, car ici on ne dit pas qu'on va à Trévignon, mais à la pointe de Trévignon, ou seulement à la Pointe ; terme parfaitement adapté à la géographie des lieux car selon où l'on se place, on ne voit plus qu'une étendue illimitée d'eau iodée et salée.

Gladys et Georges Glémarec sont installés rue de Penfret, du nom de l'île de l'archipel des Glénan qui reçoit le phare et la renommée école de voile. Sur le fond blanc de la façade d'une jolie maison, les volets peints en rouge attirent immanquablement l'œil. Une Citroën est garée devant le garage. Pas besoin de sonner, car ici aussi un chien m'accueille. Sans doute le fruit de l'union momentanée de deux bâtards. Il est impossible de lui accorder une race, ni même une couleur définie, tant il y a un mélange incroyable, du roux à différents noirs que ne renierait pas Pierre Soulages. Son bon point : il a une bonne bouille.

— Ah, Diego ! Tu n'as pas fini de nous casser les oreilles !

Un septuagénaire encore alerte s'encadre dans la porte d'entrée, restée ouverte certainement pour créer un bienvenu courant d'air. Baptisé Rouroux par Corentin Brassens, il n'a conservé de roux qu'une moustache épaisse, alors que ses cheveux ont blanchis et offrent un contraste étonnant. Du geste, le maître intime au canidé d'entrer dans le couloir. Quand c'est fait, il referme la porte et reste à distance car il n'est pas masqué.

— Bonjour, Monsieur, vous cherchez quelqu'un ?

— Oui, vous, si vous êtes Georges Glémarec.

— C'est moi, c'est bien moi, fait-il en montrant de la réserve.

— Capitaine Moreau, de la police judiciaire. Sans trop entrer dans le détail, j'ai appris que Corentin Brassens, l'électricien-chauffagiste, devait intervenir chez vous ce matin.

— La PJ ! Il faut que ce soit sérieux pour que vous veniez ainsi m'interroger. Je suis un ancien collègue, j'étais dans la gendarmerie.

— Dans ces conditions, vous comprendrez aisément que je ne vous en dise plus sur l'objet de ma présence.

— Bien sûr. Brassens est effectivement venu, mais il est reparti sans terminer le travail. Je pensais qu'il reviendrait avant la fin de la journée, mais il est déjà 18 heures.

Il m'intéresse, le bonhomme. J'ai hâte d'en savoir plus.

— À partir de quelle heure était-il chez vous ?

— Il était là à 8 heures 30. Je lui ai ouvert, et il s'est mis au boulot. Vers 10 heures et demie, ma femme et moi sommes allés faire des courses, et à notre retour nous avons constaté qu'il n'était plus là. Il a appelé pour dire qu'il repasserait plus tard.

— Quand a-t-il appelé, et comment était-il, au téléphone ?

— Attendez, je demande à ma femme, c'est sur son portable qu'il a téléphoné quand nous étions aux courses.

S'approchant de la porte toujours ouverte, il interpelle une certaine Gladys, l'autre Gégé. Nous ne prononçons pas en mot avant qu'elle survienne. À la louche, le même âge que son époux, les cheveux couleur carotte ramenés sur le haut du crâne, elle a enroulé une serviette de bain de la poitrine à la mi-cuisses, ce qui augure qu'elle devait être allongée sur un transat, et que par pudeur elle a voilé son physique pour ne pas s'exhiber devant un inconnu.

— Bonjour, dit-elle dans un sourire, avant de se tourner vers son mari. Oui, qu'est-ce que tu veux ?

Comme son prénom pouvait le laisser supposer, son léger et délicieux accent ne trompe pas sur son origine britannique. Si de nos jours les Lauren ou autres Tracy sont légion, c'est beaucoup plus rare, voire inexistant, pour les Françaises de sa génération.

— Ce matin, quand Corentin Brassens a appelé sur ton portable, il t'a dit pourquoi il était parti ?

— Dans son message, il disait qu'il lui manquait quelque chose qu'il avait commandé et qu'il repartait le chercher. Il a promis de venir plus tard dans la journée, quand il aurait la pièce.

Ainsi, ce qui a modifié son emploi du temps ne devait pas le retenir toute la journée. Ce n'est a priori pas une information précieuse, mais c'est une information. Il y a cependant une imprécision.

— C'était un message, ou vous lui avez parlé ?

— Juste un message. Je n'ai pas entendu mon téléphone sonner.

Voilà qui est plus clair.

— Il a travaillé chez vous hier, ou a-t-il débuté le chantier ce matin ?

— Il était là hier, assure l'homme. Il a commencé ici le matin, et il a bossé toute la journée. Il ne s'est même pas arrêté pour manger.

— Et il vous a dit qu'il revenait ce matin ?

— Affirmatif, fait le gendarme en retraite sans toutefois se mettre au garde-à-vous. C'est ce qu'il a fait.

Entre le moment où il est arrivé et l'appel à Gladys, Brassens a changé ses plans. Pour quelle raison ? S'est-il aperçu qu'il lui manquait réellement une pièce, ou un outil, ou était-ce un prétexte pour se rendre à un mystérieux rendez-vous dans le parc de Kériolet ? Ou tout simplement était-ce un prétexte éhonté pour aller chez un autre client qu'il voulait satisfaire avant les Rouroux.

— A-t-il dit quelle était la pièce qui lui manquait ?

— Non, répond Gladys. De toute façon, on n'aurait pas compris, si c'était trop technique.

Sa manière de hausser les épaules est tout en

élégance, mais manque de faire chuter la serviette. Elle la rattrape in extremis avant qu'elle ne dévoile sa poitrine, et éclate de rire, d'un rire franc, communicatif.

— Ce n'est pas grave, dit-elle en ajustant la serviette, la chaudière peut attendre. Il viendra demain, ou après-demain.

— Je suis navré de vous apprendre qu'il ne reviendra pas. Monsieur Brassens est décédé.

Le couple reste coi, sidéré par cette déclaration que j'ai voulu la moins abrupte possible. Pour avoir côtoyé la mort au cours de sa carrière, c'est Georges qui le premier articule ce que la situation lui inspire.

— Ah ben merde, alors ! Qu'est-ce qu'il lui est arrivé ?

— Nous l'ignorons encore. Nous n'en sommes qu'au début de l'enquête, mais la nature criminelle de son décès ne peut être mise en doute.

— Mais alors, il est mort après m'avoir téléphoné, raisonne Gladys. Si ça se trouve, je suis la dernière personne à l'avoir entendu.

— C'est possible. Nous ne pouvons approcher son corps avant l'intervention des spécialistes, mais lorsque nous examinerons son téléphone portable, ou dès que son opérateur téléphonique nous aura transmis le relevé de ses appels, nous en saurons plus. Dites-moi, Madame, sa voix laissait-elle transparaître une émotion, comme la peur, ou l'inquiétude ?

— Non, pas du tout.

— Je peux écouter le message ?

— Oui, bien sûr. Je ne l'ai pas supprimé.

Une poignée de secondes d'absence, et elle me tend son smartphone dont elle a activé la fonction messagerie. Le texte de l'artisan est quasi identique à celui qu'elle a prononcé, dicté par une voix dont aucune inquiétude ne transparaît.

Quand je rends l'appareil à sa propriétaire, je fais le constat que la moisson n'est pas aussi bonne que je l'espérais. Il faudra s'en contenter, à moins que…

— Voyez-vous quelque chose à ajouter ? Monsieur Glémarec, en tant qu'ancien gendarme, vous savez qu'il faut parfois un simple détail pour qu'une enquête progresse.

Ils se regardent. Nouveau mouvement des épaules de Gladys, mais cette fois la serviette reste à sa place.

— Franchement, ponctue l'homme, j'étais loin de me douter qu'il lui arriverait un coup tordu. Il semblait tout à fait normal, très sympa. Je dirais même bienveillant. Le genre de personne à n'avoir que des amis.

— Il faut croire qu'il avait au moins un ennemi. Je vous donne ma carte. N'hésitez pas si un mot ou une phrase vous revient. Ou même une simple impression. Bonne fin de journée, Madame, Monsieur.

*

Dès l'entrée du parc du château de Kériolet, le premier que j'avise est le lieutenant du commissariat de Concarneau.

— Quoi de neuf, Fred ?

— Avec Justin et Simon, on a entendu chacun un des témoins. Excepté la découverte du corps, ils n'ont rien à nous apprendre. Tu verras, les PV d'auditions sont avec Justin. Sinon, j'ai avisé les pompes funèbres qu'ils auront un corps à transporter à la Cavale Blanche*. Une équipe est en pré-alerte.

— Bien joué. Tu peux voir si les pompiers ou les services techniques municipaux peuvent nous prêter des groupes électrogènes ? On en aura besoin pour passer le parc au peigne fin.

— J'y ai pensé. L'électricien de permanence de la mairie nous en apporte un, et les pompiers un autre.

— C'est parfait ! Est-ce que tu peux réquisitionner du monde pour nous aider dans la fouille du parc ? Il y a quelques hectares à fouiller, plus on sera nombreux, mieux ce sera.

*Le CHRU de Brest.

— Je compte trois hommes disponibles, quatre avec moi. On est limite niveau des effectifs.

— C'est déjà ça. Ils seront là dans combien de temps ?

— Dans une heure, ça marche ?

— Oui. Pour alors, les techniciens du SRIJ pourront nous dire quelle zone on pourra ratisser.

— Je les avertis, fait-il en prenant son mobile. Espérons que la soirée soit calme sur Concarneau, sinon ils devront décoller.

Un peu plus loin, je retrouve Justin et Simon. Concernant le témoignage des trois retraités qui ont découvert le corps, leurs discours sont identiques à celui de Fred : habitant au bourg de Beuzec, par cette forte chaleur, il est fréquent qu'ils viennent se balader dans le parc. À l'ombre des arbres sous lesquels il y a toujours une brise rafraîchissante, ils s'assoient et discutent pour faire passer le temps. Aujourd'hui comme hier, après une sieste de l'homme, sa femme a téléphoné à la copine qui habite à deux rues de chez eux, et ensemble ils ont pris la route du château. Au cas où l'idée séduirait d'autres promeneurs, et ne voulant pas être importunés, ils ont quitté l'allée principale du parc, à la recherche d'un coin tranquille. C'est alors qu'ils ont aperçu un corps étendu. En avisant le sang sur les vêtements, ils ont appelé la Police, car pour rassurer leurs enfants ils ne partent plus de la maison sans un portable. Terrifiés et sous le coup de la surprise, ils n'ont même pas pensé à téléphoner aux pompiers.

Ces témoignages n'apportent aucun éclairage nouveau, et conjugués à l'absence des propriétaires, font que nous n'en savons pas plus qu'au début. Ou si peu.

Je relate mes rencontres avec l'épouse de la victime, ses beaux-parents qui ne se supportent plus, et le couple de clients chez qui Brassens devait poursuivre le chantier en cours. Il est indéniable que derechef nous devrons croiser ces personnes, mais il est trop tôt. Laissons-les encaisser partiellement l'horrible nouvelle avant de nous manifester.

— Vous êtes parvenus à joindre son opérateur ?

— Oui, il a fait fissa pour faire suivre les fadettes, acquiesce Simon.

— Cool. Qu'est-ce que tu en retires, pour les communications de la journée ?

— À 11 heures ce matin, il a appelé un portable qui est au nom de Glémarec.

— Je sors de chez eux. C'est un paisible couple de retraités chez qui il faisait des travaux. Il a commencé le chantier hier matin, et il a repris aujourd'hui, mais il a quitté les lieux pendant que les proprios étaient partis faire des courses. Il a laissé un message affirmant qu'il allait chercher une pièce. Je l'ai écouté, sa voix était normale. Il ne semblait pas menacé. Il faudra d'ailleurs que dès demain on éclaircisse le motif de son départ, ça pourrait nous donner une info de première importance. Quoi d'autre ?

— Un appel reçu, émanant lui aussi d'un portable. Un peu avant 10 heures, un dénommé Achille Quéaule, qui demeure à Névez, est resté en ligne avec lui durant un peu plus de deux minutes. Il y a aussi un autre appel reçu et un échange de sms, peu après 11 heures, d'une certaine Véréna Lanvot, qui réside à Trégunc. Dans la minute, elle a répondu à son sms.

— On la garde au chaud pour demain, elle aussi. C'est positif, d'avoir ces renseignements de la part de son opérateur : on sait que Brassens était vivant à 11 heures, ce qui réduit d'une plombe le créneau horaire de son meurtre. Et le TAJ ?

— Pas d'antécédent. Brassens était inconnu de nos services, sinon je t'aurais prévenu illico.

— Je m'en doute, ça aurait pu modifier mes échanges avec ses proches. Des news du SRIJ ?

— Non, mais les collègues ne devraient pas tarder, prophétise Justin. S'ils veulent être de retour à Rennes à une heure raisonnable, ils ont intérêt à ne pas lambiner sur la route.

— C'est sûr qu'ils ont intérêt à mettre le turbo. On ne va pas rester glander, nous non plus, sinon nous aussi on sera au lit à pas d'heure. On va entamer la recherche de l'arme ou de traces qu'aurait pu laisser le tueur. En plus de Claude Tammet et quatre agents, Fred Gaubert et trois flics locaux nous fileront un coup de main. On va commencer tous les trois, en inspectant un secteur assez éloigné. Normalement, qui dit éloigné dit peu de chance de localiser l'arme, mais nous aurons déjà couvert une zone sans polluer les alentours du corps ou du chemin que le tueur aurait pu emprunter. Allez, go !

Avant de nous éloigner, j'interpelle le lieutenant concarnois qui discute avec le brigadier Vernet.

— Fred ! On se met en quête de l'arme. Tu nous rejoins ?

Un pouce levé suffit, et en quelques foulées il est avec nous.

Le fourgon étant stationné à une issue du château, il est plausible que le tueur soit venu du même côté s'il suivait Brassens ou s'il avait rendez-vous avec lui. Respectant cette logique, et surtout celle de ne pas effacer une possible trace, nous décidons de commencer par l'autre issue avant l'expertise des techniciens. Au milieu de l'allée, non pas de front mais à la queue leu leu, nous nous efforçons Justin et moi de marcher sur les mêmes pas que Simon et Fred. Le sol est sec, si bien qu'il serait vain de rechercher une marque de chaussure, mais nous n'avons pas un sens de l'observation aussi affûté que celui des experts, alors mieux vaut prendre des précautions.

De style néogothique, la façade du château est

inondée de soleil. Curieuse histoire, que celle de cette construction qui, bien que manoir à l'origine, avait bénéficié d'importants travaux d'agrandissements et d'aménagements grâce à la fortune de Zénaïde Youssoupoff, une princesse russe veuve très à l'aise financièrement, qui s'était amourachée d'un certain Chauveau, roturier devenu comte.

Pour ratisser les lieux sans rien omettre, nous nous tenons à un mètre de distance. À l'aide d'un bâton, nous fouillons les herbes hautes ou soulevons les branches qui parfois descendent jusqu'au sol, ainsi que les buissons et taillis. L'opération pourrait être fastidieuse, mais à l'ombre d'une telle variété de grands arbres, comme les châtaigniers, les hêtres, ou encore les frênes, en écoutant les plaisants gazouillements des oiseaux, ce n'est pas désagréable. Après vingt minutes d'exercice, *Whole lotta love*, la chanson de Led Zeppelin qui me sert de sonnerie, vient troubler la quiétude campagnarde.

— Allô, Max, c'est Fred. Claude Tammet et son équipe sont là.

— On arrive.

Reprenant l'allée en sens inverse en veillant à reprendre le même itinéraire qu'à l'aller, nous sommes vite sur place. Souvenir du confinement et des consignes sanitaires toujours d'actualité, pas de serrement de mains ou de bise comme cela se faisait habituellement avec les personnels de la PJ brestoise. Il est d'ailleurs prévisible que cela ne se fera plus, anéantissant ce contact physique qui rapprochait celles et ceux qui travaillent ensemble. Il n'y a même pas une plaisanterie, ce qui est plutôt rare, tant nous avons tous conscience qu'il s'écoulera des heures avant la fin de la journée de travail.

— À vous tous, merci d'avance pour le coup de main.

— Pas de quoi, modère Claude Tammet, c'est normal. Il y a de quoi faire, conçoit-il en regardant autour de lui. Ça va loin, par là ? s'inquiète-t-il en montrant la direction par laquelle nous les avons rejoints.

— Je n'ai pas mesuré, mais je dirai quatre ou cinq cents mètres jusqu'à la route qui passe de l'autre côté.

— Parce qu'il y a deux issues !

— Oui, ce qui procure une incertitude sur le trajet du tueur, mais le fait que le fourgon de la victime soit de ce côté-ci devrait orienter nos investigations.

— Et sur les côtés, quelle profondeur ?

— Le proprio étant absent, nous n'avons pas la superficie exacte, mais il est clair que cela ne va pas être une partie de rigolade. À moins de découvrir l'arme assez vite.

L'arme, justement. Qu'a pu en faire le tueur ? La jeter, sitôt son sinistre méfait accompli, un peu comme si puérilement par ce geste il voulait couper tout lien et s'exonérer du crime en s'en débarrassant ? Ou la garder ? Nul ne le sait, si ce n'est la ou le responsable du meurtre, possiblement accompagné d'un ou plusieurs complices. Seule une fouille en règle du parc permettra peut-être de le savoir.

Le parc, justement. Excepté si l'arme était équipée d'un silencieux, le bruit des deux détonations, à condition qu'il n'y en ait eu que deux, le tireur ayant pu rater sa cible auparavant, le bruit des détonations, donc, aurait entraîné le départ précipité du tireur. À moins de savoir ce château vide de ses occupants, il n'aurait vraisemblablement pas parcouru le parc pour dissimuler le flingue. Il conviendrait en toute logique de fouiller les abords. Oui, mais voilà, mis à part si c'est un professionnel, on ne peut présager de la réaction du coupable. De là à imaginer qu'il ait parcouru le parc pour planquer son arme, il y a un pas que nous ne pouvons franchir. Il convient donc dans un premier temps de recherche l'arme dans un périmètre proche du circuit qu'aurait emprunté le tueur pour déguerpir.

Annulant la première idée de prospecter en commençant par la voie opposée, nous nous apprêtons à composer un rang assez serré afin de fouiller le moindre espace de ce côté-ci du parc, sans approcher du fourgon et de l'endroit où le meurtrier aurait pu garer son véhicule, quand le fourgon du SRIJ se signale. Ils sont trois, sur la banquette avant. PJ de Quimper et Brest confondus, nous sommes douze à les saluer à distance. Puis Claude Tammet et son équipe, assistés des forces de police locale, entament la fouille, pendant que Justin, Simon, et moi, nous nous mettons à la disposition des techniciens. Deux sont des connaissances, croisés au gré d'enquêtes communes.

— Je vous présente Alexandra, dit le plus ancien, un type agréable que j'ai vu une foultitude de fois, toujours dans de pénibles circonstances cela va de soi. Elle travaille avec nous depuis un mois, et pour tout vous dire, elle va me remplacer, car je pars bientôt en retraite.

— Bienvenue, Alexandra. Et toi, c'est pour quand la quille ?

— C'est une de mes dernières missions. Vendredi, je restitue le matériel en ma possession, et basta !

— Des projets, pour la retraite ?

— Oh oui, toute une ribambelle, à commencer par balancer mon réveil, promet-il en souriant. Bon, on se met au boulot ?

— Oui, allons-y. Le corps est étendu là-bas. Deux impacts dans la poitrine. Pas de témoin, et pour ce qui est des traces ou des indices, on vous cède les pleins pouvoirs.

— Vu la configuration des lieux, ça va être coton. Il y a eu du passage ?

— Oui, les trois découvreurs. Ils venaient de l'allée, et sont allés quasiment tout droit jusqu'au corps. Il y a eu ensuite le brigadier que vous apercevez. Quand il a eu confirmation de la mort, il a reculé.

— Sage précaution. Evan, tu attaques par-là, Alexandra par-là, et moi à partir d'ici. Vous restez dans le coin ?

— Oui. On va aider les collègues qui cherchent l'arme.

— Bien. On vous appelle si on a besoin de vous.

Ce n'est pas enjolivé de fioritures, mais carré. Pour tromper l'attente et nous rendre utiles, nous rejoignons les autres. Je me place à un mètre sur la droite de la capitaine Bourbigot, avec qui je me suis toujours bien entendu, et Simon et Justin à la même distance, suivis de Gaubert et Vernet rejoints par trois hommes en uniforme. Nous composons ainsi un cordon à travers lequel rien ne devrait échapper.

Même à l'ombre, la chaleur est accablante. Après une demi-heure de cet exercice, Simon est missionné pour aller acheter un pack d'eau. À son retour, une pause est décrétée pour s'hydrater. Bienveillants, nous convions les spécialistes du SRIJ à nous rejoindre.

Eux aussi ont chaud, sous la charlotte et le masque, sans compter la combinaison elle aussi blanche, qu'ils ont enfilés pour ne pas polluer la scène de crime. Durant l'intermède, nul ne parle, ou si peu.

Une autre demi-heure à fouler le sol, soulever des branches, inspecter les buissons les plus denses, et je charge Justin de plusieurs missions, à commencer par faire un saut au supermarché le plus proche, faire emplette de, non pas un, mais deux packs d'eau, et de sandwichs, car nous n'avons pas couvert un quart de la surface totale. Parce que chacun sera remboursé individuellement par l'administration, le Martiniquais prend papier et stylo et enregistre les commandes et perçoit l'argent.

Après le départ de Justin, un homme approche à grandes enjambées, la mine contrariée.

— Bonjour ! Je suis le propriétaire du château. Je rentre à l'instant, et les policiers postés à l'entrée m'ont annoncé la mauvaise nouvelle.

— Restez où vous êtes, j'arrive !

Quittant ma place, ce qui modifie le rang mais que mes collègues rendent tout de suite aussi efficace en se déplaçant légèrement pour se resserrer, je le rejoins sur l'allée. Retraité alerte, de forte stature, portant moustache et barbe sous des yeux pétillants d'intelligence, il est vêtu avec goût et raffinement.

— Bonjour, je suis le capitaine Moreau.

— Enchanté.

— Je le suis également. Connaissez-vous un artisan du nom de Corentin Brassens ?

— Corentin Brassens… Non. C'est lui, la victime ?

— Oui. Il était électricien-chauffagiste.

— Je ne l'ai jamais rencontré. Ou alors, sans savoir qui il était, rajoute-t-il.

— Depuis quelle heure êtes-vous absent ?

— Depuis 10 heures ce matin. J'étais convié aux trente ans de mon filleul, à Riec-sur-Bélon.

— Vivez-vous seul, ou y a-t-il d'autres locataires au château ?

— Il y a d'autres locataires. Heureusement, sinon, je deviendrais fou dans cette grande demeure.

— Il faudra que nous les rencontrions assez rapidement. Pouvez-vous leur demander de se tenir à notre disposition avant la fin de la journée, ou demain matin ?

— Ils ne sont pas là en ce moment. Ils sont partis en vacances depuis samedi dernier.

Allons bon, d'hypothétiques témoignages nous échappent.

— Si je comprends bien, nous ne pouvons compter que sur votre aide. Avant votre départ, avez-vous entendu des coups de feu ?

— On lui a tiré dessus ?

— Oui, dis-je simplement pour éluder. Avez-vous entendu des coups de feu, des cris, des éclats de voix ?

— Non, absolument rien. J'ai fait une promenade avec mon chien vers 8 heures, ce matin, puis je suis allé me préparer, et après je suis parti.

Un court silence pour clore le chapitre, et je change de sujet :

— Comment se fait-il que le château soit fermé ? C'est la pleine saison, il y a pour vous un manque à gagner.

— Ne m'en parlez pas. J'ai embauché deux guides qui se chargent des visites, et toutes les deux sont malades. Et comble de malchance, il a fallu que ça tombe le jour des trente ans de mon filleul. Franchement, si ça ce n'est pas la poisse ! Enfin, fait-il en tournant la tête vers les techniciens qui s'affairent autour du corps étendu, je relativise, ce n'est pas de la Covid-19 qu'elles sont atteintes, et il y a plus malheureux que moi.

— Ce sont des promeneurs qui ont repéré le corps. Est-il fréquent que des inconnus pénètrent ainsi chez vous ?

— Oui. Je ne vais pas les chasser, j'y passerais mon temps, et je dépenserais mon énergie. J'ai déjà bien assez à faire pour entretenir le château.

Nombre de documentaires télévisuels ont mis en exergue les difficultés de propriétaires d'un château, ou plus modestement d'un manoir, pour financer des travaux, car il leur faut de plus, suivre les consignes des architectes des Bâtiments de France quant aux matériaux, aux techniques à respecter et à un listing précis d'entreprises répondant à un strict cahier des charges.

— Nous en avons pour une partie de la soirée, voire de la nuit, aussi viendrai-je seulement demain matin enregistrer votre témoignage. Une dernière question : ce matin, en partant, avez-vous vu un véhicule stationné près de cette entrée ?

— Je suis formel sur le fait qu'il n'y en avait pas avant 9 heures ce matin. Pour le reste, je n'en sais rien, je suis parti en voiture par l'autre côté.

— Dommage pour nous. En repartant, veillez à rester sur l'allée, et ne laissez pas sortir votre chien, il pourrait venir fouiner par ici ou dans un secteur que nous n'avons pas encore exploré.

— N'ayez pas d'inquiétude, je tiendrai Ike en laisse. C'est le nom de mon golden retriever, Ike, comme Eisenhower.

Une phrase sympathique à l'ensemble des policiers pour souhaiter bon courage, et le châtelain s'éloigne pendant que je vais reprendre ma place dans le rang.

III

Quelle nuit ! Il était 4 heures du matin quand nous avons secondé les pompiers et l'électricien municipal de permanence pour ramasser les groupes électrogènes et le matériel utilisé pour nous éclairer lors de la fouille. Chaque taillis, chaque buisson, a été fouillé. Le moindre centimètre carré du parc a été inspecté. Aucun recoin de l'extérieur du château n'a été oublié. Et tout cela pour rien. Collègues de Brest et de Concarneau, techniciens du SRIJ, pompiers, électricien, tous ensemble nous n'avons pas ménagé notre peine, et au final nous étions vingt déçus, épuisés. Aucune trace de l'arme. Pas d'empreinte de pas ou de pneu. Certes, sur le sol desséché il ne fallait pas trop espérer, mais un minimum nous aurait récompensés. C'est sans un scellé synonyme d'espoir que nous nous sommes quittés pour un bref sommeil réparateur, car une nouvelle journée de labeur nous attendait.

Simon s'est porté volontaire pour aller assister à l'autopsie du corps de Corentin Brassens. Celle-ci débutant à 8 heures 30, il n'a pas dû dormir beaucoup plus de deux heures avant de rallier Brest depuis Elliant, où il réside. Justin et moi n'avons pas passé beaucoup plus de temps dans les bras de Morphée, car nous nous sommes donné rendez-vous à l'heure de l'autopsie devant chez moi, ma voiture étant restée à Quimper depuis hier. Il avait gardé la voiture de service en partant de Kériolet, et moi je me suis fait déposer à la maison par l'électricien de permanence. À son arrivée, je ferme la maison à clé et monte à bord.

— Ne me demande pas si j'ai bien dormi, me met en garde le Martiniquais en passant la première, je pourrais être désagréable.

— Idem pour moi. Et ne me reproche pas de ne pas m'être rasé, il est des matins où chaque minute de sommeil en plus compte. Tu as vu Nathalie, ou tes fistons ?

— Non. Les lumières étaient éteintes quand je suis rentré, et tous dormaient encore quand je suis reparti. Souhaitons que je sois plus tôt à la maison ce soir. Et toi, tu as vu Murielle ?

— Non plus, elle aussi dormait. Allez, prends la direction du château de Kériolet.

Ike, le golden retriever du châtelain, ne s'est pas opposé à ce que nous entrions dans la cour qui abrite le logis du propriétaire des lieux. Allongé la gueule entre les pattes avant, tout juste s'il a levé l'oreille et remué la queue. Nous avons été parfaitement reçus, dégustant un café tout en faisant notre travail avec l'homme qui finissait son petit-déjeuner. Sa déclaration ne changeant pas de celle de la veille, la rédaction du procès-verbal fut rapide.

Remontant en voiture, nous avons mis le cap sur Névez. Autant la conversation avec le châtelain fut agréable, autant ce qui nous attendait était moins réjouissant. Au sein de la famille endeuillée, il ne fallait pas tabler sur une partie de plaisir.

Dix minutes plus tard, Justin arrête le moteur à Kerlosquet, que ma faible connaissance de la langue bretonne ne me permet pas de traduire. Le chien, qui dispose de sa liberté d'aller et venir se poste contre le grillage, et montre les dents tout en grognant et aboyant.

— Juju, je te présente Teignou.

Quelqu'un a avancé l'Espace Renault noir de Krystell sous le carport, et l'Opel Corsa rouge de sa mère est désormais sur l'espace goudronné qui mène à la maison, ce qui autorise à penser qu'elle a passé la nuit ici. À l'étage de la maison, les volets des chambres sont fermés. Pour les occupants, tout comme nous, la nuit fut sûrement en grande partie blanche, mais pas pour la même raison car la leur fut vraisemblablement émaillée de sanglots. En réaction aux aboiements de Teignou, un rideau s'écarte à l'une des pièces du rez-de-chaussée qui doit être la cuisine, et peu après la porte d'entrée s'ouvre sur la maman de Krystell. Le visage de Christine Michener accuse la fatigue d'une nuit blanche ou insuffisamment réparatrice. Sa peau n'a plus le même aspect lisse, de petites rides semblant s'être creusées en quelques heures. Plutôt que de crier sur Teignou, elle s'approche pour, à l'instar hier de son ex-mari, se saisir d'une main ferme du collier du chien et l'entraîner à sa suite.

— J'arrive, Messieurs. Je l'enferme, sinon il va réveiller tout le monde.

Lorsque le fauve est isolé dans l'atelier, où curieusement il met fin à ses aboiements alors que la veille ce n'était pas le cas, elle vient au portail donner un tour de clé.

— Venez, mais ne parlez pas trop fort, s'il vous plaît, ils ont besoin de se reposer

Après que nous l'ayons suivie en silence jusqu'à la maison, elle nous mène vers la cuisine, où sans nous consulter elle sort deux tasses d'un placard.

— Ah, quelle histoire ! Je n'ai pas fermé l'œil de la nuit. Pauvre Corentin ! Vous savez qui, qui l'a…

Elle n'achève pas. Il est des mots impossibles à prononcer, tant ce qu'ils véhiculent excède ce que notre esprit est capable d'admettre à un moment M, mais qui par la suite finiront par sortir, quand une cicatrisation partielle aura opéré.

— Non. L'enquête promet d'être longue. C'est pour cela que votre concours nous est indispensable.

J'ajouterais bien que dans la majorité des affaires criminelles, le coupable est un proche, mais ce serait me répéter, et la torturerait inutilement. Ce serait pourtant l'occasion d'en apprendre plus sur les différentes personnalités de cette famille. Je change donc d'avis, alors qu'elle verse le café en partageant en deux tasses et un bol ce qu'elle avait prévu pour elle seule, et vais pour ouvrir la bouche quand, sans que nous n'ayons entendu le bruit de ses pas, Krystell pousse la porte. Le visage ravagé, les yeux rougis d'avoir pleuré toutes les larmes de son corps, en chemise de nuit qui révèle une plastique enrobée et une poitrine tombante, elle n'a pas fière allure. Les cheveux hirsutes même s'ils sont relativement courts, il serait exagéré de dire qu'elle a changé le temps d'une nuit, mais il est évident qu'elle n'a pas dormi, ou si peu.

S'approchant, la maman prend sa fille dans ses bras, et l'embrasse sur la joue. La tenant toujours, elle imprime à leurs deux corps un léger mouvement oscillant, comme elle le ferait pour câliner un enfant, ou le bercer dans l'attente du marchand de sable.

— Ces messieurs de la Police voudraient te voir, murmure Christine après quelques secondes. Va t'habiller, je prépare ton petit-déjeuner.

Elle l'escorte jusqu'à la porte, et revient vers nous.

— Ne soyez pas trop durs ni insistants avec elle. Elle n'est pas en état de faire face à un interrogatoire.

— N'ayez crainte, confie Justin dans un sourire entendu, nous avons l'habitude. Madame, il faudra aussi vous occuper de récupérer le fourgon de Corentin. Les spécialistes l'ont examiné, il est à votre disposition à l'entrée du parc du château.

— Ça ne vous dérange pas de voir cela avec Olivier ? Il n'aura qu'à y aller avec Benoît. C'est son copain depuis toujours.

— Nous le lui proposerons.

Nous restons sans parler, ou si peu, en attendant le retour de Kristell pendant que sa mère, après avoir allumé le feu sous la casserole de café, prépare grille-pain et confitures. Elle coupe trois belles tartines, mais il n'est pas certain qu'elles seront toutes mangées.

La veuve de fraîche date a paré au plus pressé, enfilant un pantalon en toile et un t-shirt. Elle a eu la lucidité de mettre un soutien-gorge, ce qui la rend plus décente.

Sa mère installe un bol sur la table pour lui montrer la place qu'elle va occuper, et c'est comme un robot que Krystell parcourt les deux mètres et s'assoit sans délicatesse.

— Tu as réussi à dormir ? s'inquiète la maman en versant le liquide brûlant dans le bol à oreilles décoré de motifs celtiques, tout droit sorti d'une faïencerie de Quimper.

— Un peu. Je n'y crois toujours pas… Je me dis qu'il va rentrer, qu'il est resté finir un chantier.

— Nous sommes de tout cœur avec vous, commence Justin. Si vous avez un renseignement à nous fournir pour coincer le coupable, nous vous écoutons. Et si ce n'est pas un renseignement, ce peut être un ressenti, une impression, un détail qui dans le comportement de votre mari aura attiré votre attention, laissant à penser qu'il avait peut-être des ennuis.

Elle lève lentement la tête vers lui, soupire sans que les traits de son visage ne bougent.

— Il n'avait pas d'ennuis. Tout allait bien. Depuis plusieurs mois, il était plus amoureux de moi qu'il ne l'a jamais été. Souvent, il m'apportait un bouquet de fleurs ou il décidait de préparer le dîner. Parfois, il me proposait d'aller prendre une douche ou un bain pour me détendre, ou il nous servait un apéritif, et on le buvait ici, dans la cuisine, pendant qu'il s'activait. Je n'avais pas le droit de participer, seulement de le conseiller.

— Il cuisinait bien ? poursuit Justin, sentant qu'il est parvenu à créer un lien.

— Oui, non, enfin, il faisait des repas simples, et il ne se débrouillait pas trop mal.

— Depuis combien de temps cela lui avait-il pris de vous faire ces petits cadeaux qui font toujours plaisir ?

— Trois ou quatre mois. Ce n'était pas tous les jours, mais quand il ne rentrait pas trop tard après sa journée.

— En général, vers quelle heure rentrait-il ?

— Il n'avait pas d'heure fixe, c'était en fonction des chantiers. Parfois, il me téléphonait pour expliquer qu'il devait terminer, et qu'il ne serait pas là avant 20 heures voire un peu plus.

— Il terminait souvent aussi tard ?

— Non. Peut-être une fois par semaine, ou deux s'il était à la bourre. Ça dépendait du boulot. Si une chaudière était en panne, il fallait absolument qu'il répare, sinon les clients n'avaient pas de chauffage. Il pouvait arriver qu'une perceuse ou je ne sais quel outil tombe en panne, si bien qu'il prenait du retard.

À son ton monocorde, je sais qu'elle a absorbé, sans doute sur les insistances de sa mère ou après une consultation à domicile du médecin de famille, un antidépresseur pour essayer d'aborder la situation avec un peu plus de détachement. Sa mère, justement, va pour lui tendre les tartines, mais des yeux je lui fais comprendre que ce n'est pas le moment. Krystell parle, il est possible que nous glanions une information intéressante. Elle mangera plus tard.

— Hier, quand il est parti, il n'a rien dit ou fait d'anormal, qu'il ne disait ou ne faisait jamais ?

— Non. Si, si on veut. Il a pris une douche avant de partir, alors que d'habitude c'est le soir en arrivant à la maison, mais par cette chaleur, il a dit vouloir en prendre une le matin pour ne pas sentir le renard, comme il a dit en rigolant.

Pour la première fois de la matinée, son visage émet une expression positive, mélange d'un sourire et d'un rictus. Une question me taraude. À mon tour, je me risque :

— Hier, vous m'avez dit qu'il allait chez les Rouroux, monsieur et madame Glémarec. Savez-vous s'il allait ensuite sur un autre chantier, ou s'il en avait pour la journée chez eux ?

— Il y était pour la semaine, ou presque. En plus, avec le jour férié d'avant-hier, il craignait de prendre du retard, des fois que…

Elle ne termine pas sa phrase, estimant que nous avons pigé qu'elle faisait allusion au 14 juillet qui divise la semaine, et qu'il pouvait arriver qu'un coup de téléphone d'un client modifie l'emploi du temps.

— Avait-il un agenda, sur lequel il marquait ses rendez-vous ou les chantiers sur lesquels il allait ?

— Oui. Un agenda à la couverture marron. Il doit être près de l'ordinateur, dans son bureau. Tu vas voir, maman ?

Quand Christine accepte, je la suis. M'apprenant que le bureau n'est pas dans la maison, mais dans l'atelier, elle suggère que je reste à l'abri pendant qu'elle va libérer Teignou et l'accrocher à la laisse reliée à sa niche. Je la rejoins lorsqu'elle me garantit que je ne risque plus de me faire arracher un steak, sous les aboiements courroucés du molosse qui n'a cure du sommeil de ses petits maîtres.

L'atelier est scindé en trois parties. Dans la plus grande, au sol ou sur des étagères métalliques, des kilomètres de fils électriques de différentes couleurs et de différents diamètres voisinent avec des cartons d'interrupteurs, de prises de courant, de prises téléphoniques, et d'autres matériels dont j'ignore l'usage. La moyenne est réservée à l'activité chaudière, comme le démontre un modèle qui est démonté à même le sol. La plus petite, en gros cinq mètres carrés, est occupée par un bureau et une chaise malmenée par les ans.

— Ne touchez à rien, Madame. Vous voulez bien me trouver un carton vide ?

Pendant qu'elle s'exécute, je parcours les feuilles de l'agenda. À la date d'hier, ainsi que pour les autres jours ouvrables de la semaine, seuls le nom et les coordonnées des Glémarec sont inscrits, et pour le premier jour qui était lundi, le numéro du devis. Il est clair que le chantier est d'importance. Pour la semaine prochaine et les semaines précédentes, la même main a noté plusieurs noms, un ou deux par jour, ou parfois le même sur deux ou trois jours, probablement en fonction de la durée estimée des interventions. Outre les coordonnées complètes des clients et le numéro du devis, il est parfois mentionné des indications, comme « *Attention au chien* » ou « *Rappeler la veille pour confirmer* ». Dans les agendas, il y a toujours des feuilles en plus ; certaines comportent le calendrier de l'année en cours et celui de l'année suivante, mais d'autres sont blanches pour permettre de noter diverses informations. C'est gonflé d'espoir que j'entame leur lecture, mais force est de constater qu'il s'agit uniquement de noms, adresses e-mails et numéros de téléphone de commerciaux, de fournisseurs ou encore de relations amicales comme Pierre Oisemonde, le gars qui emmenait Corentin sur son bateau pour de belles parties de pêche en mer.

— Ça ira avec ça ? demande Christine en me montrant un carton de taille moyenne.

— Oui, très bien. J'emporte son ordinateur.

*

— Et maintenant ? formule Justin quand nous remontons en voiture.

— On va vérifier l'alibi du beau-père. En quittant Kerlosquet, prend vers Port-Manec'h et Rospico.

À la sortie de Névez, il s'en faut d'une courte

distance pour que, délaissant Port-Manec'h, nous options pour une route sur notre droite. Quelques kilomètres, et une descente nous fait parvenir à l'anse de Rospico, un endroit fréquenté par les baigneurs et par les promeneurs quelle que soit la saison, à l'image de ceux que nous apercevons sur le GR34, le chemin des douaniers devenu sentier de randonnée, qui permet de faire le tour de la Bretagne en suivant la côte, du Mont-Saint-Michel à Saint-Nazaire, soit près de deux mille kilomètres.

Amorçant une montée, nous roulons jusqu'à ce qu'à l'entrée d'une large courbe nous options pour une voie moins importante, en cul-de-sac.

Avant de parvenir à l'extrémité de l'impasse, nous fiant aux pins maritimes, nous identifions la maison du gars Benoît, qui voisine avec le terrain cultivé par Olivier Pigeon. Sur le lopin de terre de celui-ci, il y a effectivement un abri de jardin qui, l'après-midi, est protégé des rayons du soleil par des arbres de plus de quinze mètres de haut, un cabanon, une table et deux chaises. À peine le moteur arrêté, le voisin vient aux nouvelles, appuyant ses bras sur le portail bas, s'attendant sans doute à voir son copain d'école. Ne reconnaissant pas la voiture, il nous observe par-dessus ses lunettes posées à l'extrémité de son nez.

— Bonjour, Monsieur. Vous avez une minute à nous accorder ?

Les paupières mi-closes, l'air chiffonné par la venue de ces étrangers, il se demande ce que nous lui voulons. Plutôt que de le rassurer, ma carte de flic ajoute à son étonnement.

— C'est bien le terrain d'Olivier Pigeon qui jouxte le vôtre ?

— Oui. Pourquoi ?

— Pour rien, comme ça. Nous voudrions savoir si vous l'avez vu hier.

— Pour sûr que je l'ai vu. Il était là dès 9 heures.

— Il est resté toute la journée ?

— Il est reparti vers 16 heures, 16 heures 30. Je n'ai pas regardé ma montre, mais ça devait être dans ces eaux-là.

Il est nettement perceptible qu'il serait curieux de connaître le fondement de mes questions, mais qu'il n'ose pas m'interroger. Comme je n'ai pas envie de le lui dire, je lui adresse une formule de politesse avant de retourner m'asseoir près de Justin.

— Olivier Pigeon a passé la journée d'hier ici, avec son pote d'enfance.

— Il est certain de ce qu'il avance ?

— Oui. Certes, il pourrait couvrir son pote, mais je ne sens pas le coup. Au pire, rien ne nous empêchera de revenir l'interroger un de ces quatre.

— Et la mère de la veuve, c'est quoi son emploi du temps au moment de la mort ?

— Elle dit qu'elle est allée faire des courses, puis elle a préparé son repas. Elle affirme avoir reçu plusieurs appels. Il faudra qu'on établisse si c'est vrai, mais avant cela, puisqu'on n'en est pas loin, on va rencontrer un des derniers correspondants téléphoniques de Brassens. On revient sur nos pas, et tu prendras à gauche sur la grande route.

Quelques centaines de mètres, et nous passons à proximité des célèbres chaumières de Kerascoët. Daté du XVe siècle, ce village plonge le visiteur dans le passé, avec ses ravissantes petites maisons à l'architecture traditionnelle, construites en granite et couvertes d'un toit de chaume. À chaque fois, elles me produisent le même effet, à savoir que j'ai l'impression de plonger dans un univers irréel. Pour peu qu'on ait un minimum d'imagination, on peut s'attendre à ce que surgissent des farfadets à la mine joviale. Achille Quéaule habite un peu plus loin, à Rouz Tremorvezen.

Alerté par le freinage de notre véhicule devant chez lui, un sémillant septuagénaire, au crâne totalement lisse, jette un œil par une fenêtre ouverte.

— Monsieur Quéaule ! Vous pouvez nous ouvrir, s'il vous plaît ?

Absolument pas tracassé par notre intrusion, il vient faire pivoter la porte sur ses gonds.

— Bonjour, refaisons-nous, Justin et moi en chœur en montrant notre carte de flic. Nous sommes de la Police. Hier matin, vers 10 heures, vous avez adressé un appel téléphonique à Corentin Brassens. Pouvez-vous nous dire quel était le motif de cet appel ?

— Entrez, suggère-t-il pour plus de discrétion en voyant une femme sortir de la maison située juste en face. La Police ! s'exclame-t-il en refermant après notre passage, et en tendant le bras vers la pièce à vivre qui fait office de cuisine et de séjour depuis qu'une cloison a été supprimée. Oui, j'ai appelé monsieur Brassens. C'était pour lui demander de me soumettre un devis.

— Pour des travaux ?

— Oui. Venez-voir !

Traversant la pièce au mobilier en formica qui fleure bon les années soixante-dix, nous ressortons de la maison en empruntant une porte qui donne sur un jardin à l'herbe verte et grasse, signe qu'elle est fréquemment arrosée, en dépit de l'arrêté préfectoral visant à économiser l'eau.

— Je compte faire construire une extension. À mon âge, les travaux au jardin sont de plus en plus fatigants. Comme on dit, je suis plus près des chrysanthèmes que des dragées, mais j'ai quand même envie de faire construire une véranda et une terrasse. Ce n'est pas la place qui manque, pour agrandir la maison.

— Ce n'est pas bête.

— À la belle saison, il y a beaucoup de monde à passer par ici, et beaucoup recherchent des gîtes ou des locations. Avec une véranda et une terrasse, ça ferait un plus non négligeable.

— Vous feriez des heureux, c'est indéniable. Et donc, votre appel à Brassens ?

Imperturbable, il ne prête pas attention à mon intervention.

— Je n'ai pas encore déposé de demande à la mairie, mais j'ai déjà contacté une entreprise de maçonnerie, qui me garantit qu'elle construira en respectant le cahier des charges pour ne pas dénaturer les lieux. Et j'ai aussi un chaumier.

— Vous voulez concurrencer les chaumières de Kerascoët ?

— Oh non, pas de rivalité possible. Mais j'adore les toits de chaume. Ils donnent une classe particulière aux habitations. Bon, que puis-je pour vous ?

— Que vous a dit Corentin Brassens ?

— Il m'a dit qu'il passerait entre 18 et 19 heures. Comme il m'a posé un lapin, je pensais le rappeler ce matin. D'ailleurs, c'est ce que je vais faire tout à l'heure, quand vous serez partis.

Justin et moi n'éprouvons pas l'envie de lui annoncer la mort prématurée de l'artisan.

— Comment était-il, au téléphone ?

— Ben, normal. Je lui ai expliqué ce que je voulais, il a répondu qu'il viendrait en fin de journée. Il a même rigolé quand je lui ai dit qu'à cette heure-là je lui paierai l'apéro.

Je dois attendre qu'il se remette de son bon mot pour continuer sur ma lancée.

— C'était la première fois que vous le contactiez ?

— Non, il a déjà travaillé pour moi. Surtout sur la chaudière, qui n'est plus toute jeune.

— Il vous a semblé comme d'habitude, ou l'avez-vous senti tourmenté ?

— Comme d'habitude. Je vous dis, on a rigolé quand j'ai parlé de l'apéro.

Inutile de nous éterniser. Nous le mettons au courant du décès, et repartons seulement quand il a digéré la triste information.

Nous remontons en voiture pour aller rencontrer un autre protagoniste de l'affaire, dont on ne peut négliger l'importance tant que nous ne l'avons pas interrogé. Pour cela, nous obliquons à gauche après la chapelle de Trémorvézen. Quand j'étais gosse, je me souviens que, parfois, avec mes parents, nous venions nous promener sur Trégunc et Névez. Quand nous roulions rue des Iris, ce que mes yeux d'enfant prenaient alors pour des montagnes russes ne sont en fait que de légères côtes suivies de descentes aussi peu prononcées. Niveau sensations, ce n'est pas comparable.

Nous rapprochant de la mer, sur la route de la

Corniche, tout à nos pensées, nous ratons le panneau indiquant Kercanic. Pour faire demi-tour, nous poursuivons jusqu'à la plage de Dourveil, où toute l'année une nuée d'amateurs effrénés de sports nautiques se passionnent en particulier pour le bodysurf. Cette plage a pour particularité de marquer la frontière entre Trégunc et Névez. Ces deux communes forment le pays des Pierres Debout, Mein Zao en breton. Spécificité unique en France, il y avait tellement de blocs de granite sur et dans la terre que cela contrariait le rendement agricole. Il fut fait appel à des tailleurs de pierre pour les extraire, ainsi qu'à des marins lorsque l'hiver les conditions météorologiques interdisaient toute sortie en mer, et cette matière première fut utilisée pour bâtir des habitations ou des murs de clôture.

Face à nous, l'image idyllique de ce rivage breton sous le soleil déjà haut dans le ciel nous clôt la bouche. Ils sont nombreux, sur le sable découvert par la marée basse, s'exerçant au frisbee ou dans un match de foot improvisé qui se terminera par un rush collectif vers l'eau pour gommer les gouttes de sueur. Certains lézardent au soleil, d'autres marchent, de l'eau jusqu'aux genoux, à la recherche d'un crabe sur les rochers encore mouillés ou épiant les mares au creux des roches pour observer le riche écosystème marin. Toutes voiles multicolores dehors, au loin des bateaux naviguent vers les Îles

Glénan pour une journée inoubliable, alors que plus près de nous, mais à distance respectable de la côte, quatre scooters des mers chevauchent de petites vagues, et foncent vers l'Île Verte.

Revenant sur nos pas, ou plutôt sur nos pneus, nous sommes plus vigilants et, délaissant le littoral, entrons dans les terres sur une courte distance. Pierre Oisemonde habite Kercanic, un ancien village d'une dizaine de chaumières en pierres, dont certaines construites en pierres debout. Ici aussi, au fil du temps, on a su conserver un cachet typique aux constructions. Rangeant la voiture sur un petit parking, nous nous dirigeons vers une jolie maison au toit de chaume impeccable. Un hortensia aux fleurs d'un bleu intense est planté près de la porte. Comme il n'y a pas de sonnette, Justin fait un toc-toc du doigt sur la porte peinte en bleu. C'est de la maison voisine qu'une femme nous hèle, via une fenêtre ouverte :

— Pierre n'est pas là.

— Bonjour Madame. Savez-vous s'il est absent pour la journée, ou s'il sera rapidement de retour ?

— Je ne sais pas, mais ce n'est pas trop son genre de partir toute la journée, sauf s'il va à la pêche. Mais quand il est parti, il n'avait pas son matériel.

— Très bien, nous repasserons. Bonne journée, Madame.

Le copain de pêche étant absent, nous décidons de rencontrer la troisième personne qui a parlé hier matin au téléphone avec Corentin Brassens. Pour cela, nous revenons sur la route de la Corniche, et obliquons vers la Pointe de Trévignon, avant de prendre en direction de Trégunc.

Le village de Saint-Philibert, sur la commune de Trégunc, ne manque pas d'attraits, principalement l'église du XVIe siècle et la fontaine, situées dans un superbe cadre champêtre. Pour preuve, des voitures garées à l'emporte-pièce, dont les occupants s'extasient et pérennisent l'instant dans leur appareil photo, portable, ou tablette.

À Stang Sant Laorans, que l'on peut traduire par route de Saint Laurent, Véréna Lanvot loge dans une jolie petite maison, à la façade et aux pignons en pierres apparentes. Sur la boîte à lettres, outre Véréna Lanvot, les noms de Benjamin et Cynthia Harrys donnent à penser qu'elle vit avec ses enfants, ou avec un homme dont elle n'est pas l'épouse et sa fille, voire leur fille. Le portillon est fermé sur un jardinet et une terrasse sur laquelle on pourrait difficilement installer plus que la table et les quatre chaises qui y sont déjà. Un scooter noir à la selle blanche nous oblige à piétiner l'herbe, tant le passage sur les dalles est étroit. Original, il n'y a pas de sonnette, mais une petite cloche qui carillonne lorsque l'on tire sur une ficelle tressée. Trois secondes, et une femme m'interpelle depuis une fenêtre de l'étage.

— Bonjour, qu'est-ce que vous voulez ?

— Bonjour. Capitaine Moreau, de la police judiciaire. Vous pouvez descendre, s'il vous plaît ?

Sur le visage harmonieux d'une femme qui semble plutôt jolie, un écarquillement prolongé des paupières trahit la surprise, avant qu'elle ne disparaisse d'un mouvement du buste. Le temps d'un arrêt devant un miroir ou un passage dans sa salle de bains, elle est face à nous, ce qui fait que je retire mentalement le plutôt de plutôt jolie, car elle est disons plutôt… de taille moyenne, vêtue d'une robe que l'on dirait faite pour elle, Véréna Lanvot n'est pas quelconque. Ce n'est pas une bombe, soyons francs, mais elle a ce petit quelque chose qui fait que je la trouve séduisante. Une petite quarantaine d'années, les yeux marron, visage, bras et jambes dorés par le soleil, elle a dans les cheveux des reflets blonds et châtains. Autour du cou, une chaîne en argent avec son prénom gravé sur une fine plaque du même métal.

Sans parler, d'une lueur explicite dans le regard, Justin me fait comprendre qu'il se pourrait que ce soit pour cette belle que Brassens mentait à sa femme. L'idée m'est aussi venue.

— Nous n'allons pas vous importuner longtemps, entamé-je pendant qu'elle allume une cigarette. Hier matin, vers 11 heures, vous avez reçu un coup de téléphone et avez échangé des sms avec Corentin Brassens. Nous aimerions savoir ce que vous vous êtes dit au téléphone, et connaître la teneur de vos sms ?

— Hier matin, fait-elle, le front obscurci, en s'asseyant sur une chaise. Ah oui ! Je souhaite acheter une maison, dans laquelle il y aura des travaux électriques à prévoir. Je voulais savoir s'il pouvait venir avec moi la voir, afin de faire un devis.

— Avez-vous convenu d'un rendez-vous ?

— Non. Il a dit qu'il avait des travaux en cours, et qu'il me rappellerait dans quelques jours.

— Vous le connaissiez avant cet appel ? L'aviez-vous déjà rencontré ?

— Oui. Tous les ans, avant l'hiver, il fait l'entretien de ma chaudière.

Entendant du bruit dans son dos, elle se retourne.

— Benji, tu aurais pu mieux ranger ton scoot' ! Il prend toute la place.

Un signe de tête pour acquiescer, un autre pour nous saluer, et l'adolescent aux cheveux ébouriffés et aux paupières encore gonflées par le sommeil se dirige vers la cuisine pour préparer son petit-déjeuner.

— Vous avez aussi échangé par sms. Sur quoi cela portait ?

— Un sms, heu…

— Il a mis « *OK !* » et vous avez répondu « *OK* » ?

— Oh oui ! C'était pour savoir s'il était d'accord pour venir voir la maison, pour le devis.

— Il ne vous l'avait pas précisé lors de l'appel téléphonique ?

— La communication s'est interrompue juste à ce moment-là. Suivant les endroits, on n'a pas beaucoup de réception. À la maison, je suis souvent obligée de sortir pour répondre.

Elle est bizarre, cette femme. Sa façon de s'exprimer me procure un étrange ressenti. Ce ne sont pas ses répliques qui me dérangent, mais les modifications de l'accentuation de ses phrases, qui sont au début toniques, puis sans prévenir manquent d'énergie. Un peu comme si elle surjouait pour révéler son assurance, puis tout à coup rendait les armes en baissant d'intensité.

Ses tirades sont parfois débitées comme une récitation, disposant de l'intonation nécessaire pour les rendre réelles et en adéquation avec la réalité, et soudain croulent sous le poids du désespoir et laissent entrevoir que la vérité est toute autre, ou pourrait l'être.

Pour un petit test, que la géolocalisation de son téléphone portable permettra de confirmer, je me fends d'une question :

— Vous étiez ici, chez vous ?

— Non, j'étais chez une copine, à Port-Manec'h.

— Elle peut le confirmer ?

Nous lisons sur ses traits qu'elle savoure modérément que nous mettions ses dires en doute. Avant qu'elle ne renaude, il importe d'expliquer le cadre dans lequel nous intervenons.

— J'ai le regret de vous informer que Corentin Brassens a été assassiné. Nous sommes disposés à vous croire sur parole, mais vous devez comprendre que nous explorons toutes les pistes qui pourraient nous mener au coupable. Comment s'appelle votre amie ?

— Estelle Révistal. Vous la trouverez rue de Beg ar Vechen, à Port-Manec'h. Elle… Oh, laissez tomber, j'ai menti.

Alors que tout paraissait s'emboîter, et qu'une visite à Estelle Révistal, confirmée par la géolocalisation de son mobile auraient suffi à l'éliminer de la courte liste non pas des suspects, car pour l'instant nous n'en avons pas, mais des personnes ayant vu ou contacté Brassens peu avant sa mort, voilà que Véréna Lanvot crée un rebondissement auquel nous ne nous attendions pas. Enfin, pas complètement, car son attitude est troublante, indéfinissable.

— Je croyais que vous étiez chez vous, rapport à la mauvaise réception de votre téléphone.

Elle ferme la porte de la maison pour nous isoler de son fils toujours dans la cuisine, s'assure du regard qu'aucune fenêtre au rez-de-chaussée ou à l'étage n'est ouverte, et s'assoit sur une chaise.

Fixant un point indéfini, elle prend du temps pour réfléchir. Quand elle est satisfaite d'une explication susceptible de nous convenir, elle se lance en baissant la voix.

— Estelle a un amant. Elle devait le voir hier après-midi, alors on avait convenu que nous dirions elle et moi que nous étions ensemble toute la journée. Si je ne vous l'ai pas dit tout de suite, c'est parce que je me suis tellement appropriée cette version qu'elle m'est venue toute seule.

— Pour résumer, elle était avec son amant.

— Oui, mais n'en parlez pas. Si son mari l'apprenait, il la tuerait.

— Comptez sur nous. Mais, si nous savons où était votre copine Estelle, nous ignorons où vous, vous étiez.

— Je suis bel et bien restée à la maison. Il le fallait bien, au cas où Gwendal vérifierait.

Je n'aime pas être pris pour un imbécile. Justin non plus.

Tirant une chaise par le dossier, il la place face à la femme et s'y assoit à califourchon, sa tête des mauvais jours à quinze centimètres de celle de son vis-à-vis.

— Il y a un truc que je ne pige pas, fait-il sans desserrer les dents. Si Gwendal avait un doute sur la fidélité de sa femme, croyez-vous que c'est en venant chez vous qu'il l'aurait levé ?

— C'est déjà arrivé ! s'emporte-t-elle en élevant la voix et en se reculant pour montrer à Justin qu'elle goûte peu son attitude. Un jour, il est arrivé ici comme une furie, en me demandant où était Estelle. Je n'en savais rien ! Comme on n'avait pas prévu de se voir ce jour-là, je ne savais pas ce que je pouvais rétorquer. Il ne me croyait pas. Il m'a menacée et insultée. Heureusement qu'un voisin est venu, attiré par ses cris, sinon je pense qu'il m'aurait frappée.

— Quand était-ce ?

— Il y a un an.

— Et depuis ?

— Il est revenu le lendemain à la première heure pour s'excuser, en disant qu'il s'était trompé, qu'Estelle avait passé l'après-midi chez sa mère, à Concarneau.

— Avez-vous déposé plainte ?

— Non. J'y étais pourtant fermement décidée, mais j'étais sûre qu'il l'aurait reproché à Estelle, et qu'il l'aurait… Estelle est ce qu'on appelle communément une femme battue. Gwendal est d'une jalousie maladive. Il lui a toujours interdit de travailler, parce que fatalement sur son lieu de travail elle aurait croisé des hommes. Et cela, il ne l'aurait pas supporté.

C'est hallucinant de savoir qu'une femme sur dix est victime des coups de son conjoint. Ce pourcentage a augmenté durant le confinement, quand certains n'avaient rien d'autre à faire que de chercher ou inventer des travers à la femme de leur vie, ou à l'homme aussi dans de plus rares cas même si leur nombre n'est pas négligeable.

Aussitôt, je décide qu'une visite à ce couple sera nécessaire, mais aussi pathétique que soit la vie de cette femme, cela nous éloigne de notre enquête.

— Depuis, il n'a plus remis les pieds chez moi, et il ne les remettra plus. Estelle vient de temps en temps, ou je vais chez elle quand il n'est pas là et aussitôt qu'il arrive, je pars sans un mot. Ça aussi, ça l'énerve, mais au moins il peut constater qu'il n'y a pas d'homme dans la maison, puisque moi j'y suis.

La porte s'ouvre sur une jeune femme. À ses cheveux défaits, il est visible que, comme son frère, elle sort de son lit. Pieds nus et seulement habillée du t-shirt qui lui sert peut-être de pyjama, elle s'empresse de se rendre invisible en claquant la porte.

Tout juste si j'ai eu le temps de distinguer qu'elle ressemble à sa mère, et qu'elle a un an ou deux de plus que Benjamin.

— Cynthia, ma fille.

— Elle était avec vous hier après-midi ?

— Non. Elle était à un pique-nique, avec ses copines et ses copains.

— Et votre fils ?

— Non plus. Il a mangé avec moi, et après il a sauté sur son scooter pour filer à la plage avec ses copains.

— Quelle heure était-il, quand il est parti ?

— Je n'ai pas regardé ma montre. Vers 14 heures.

Selon le médecin qui a attesté du décès de Brassens, et qui a qualité de légiste, et en fonction du dernier appel de Brassens, l'heure du décès serait estimée entre 11 et 15 heures, ceci en attendant les résultats de l'autopsie qui définiront un laps de temps plus précis.

— Et dans la matinée, qu'avez-vous fait ?

— Le matin, je suis allée de bonne heure faire des achats pour le pique-nique de Cynthia. Je suis rentrée vers 10 heures, et après je suis restée là toute la journée. J'ai peint la salle de bains et les toilettes.

Force est de constater que nous faisons fausse route. C'est au même constat que Justin doit aussi s'opposer, car il se lève et remet la chaise dans sa position initiale. Devons-nous enregistrer la déposition de cette femme ? Tout dans l'attitude de mon collègue martiniquais démontre qu'il estime cette procédure administrative inutile.

— Je peux entrer voir votre fils, Madame ?

— Si vous voulez. Attendez, je l'appelle…

— Non, laissez, j'y vais.

Elle ne s'oppose pas au ton péremptoire de mon

équipier qui pose déjà sa main sur la poignée de la porte, avant de disparaître. Il me faut meubler pendant que Justin vérifie l'affirmation de Véréna.

— Où se trouve la maison que vous envisagez d'acheter ?

— À Trégunc, à Pont-Minaouët. Ce sera plus facile pour les enfants.

— Il y a beaucoup de travaux à prévoir avant d'emménager ?

— Pas mal, oui. Je n'ai pas de gros moyens financiers, alors je ne peux pas aspirer à un palace.

— C'est important d'estimer ce que cela va vous coûter, et après vous pourrez vous sentir bien chez vous.

C'est d'une plate banalité, voire d'une profonde médiocrité, mais je ne veux pas d'un silence gênant. Heureusement, Justin ressort rapidement de la maison. Une formule de politesse, et après avoir évité le scooter nous nous emportons sous d'autres cieux. Ce n'est que lorsque nos voix sont hors de portée qu'il émet :

— Le fils confirme qu'il a mangé hier midi avec sa mère. Il est parti de la maison à 14 heures, et il maintient que sa mère était toujours là à cette heure. Difficile mais pas impossible d'être au château de Kériolet avant 15 heures, pour être dans les clous quant à l'heure du meurtre, mais tout cela aurait tendance à innocenter la maman. Pourtant, je ne la sens pas. Il y a un truc qui cloche dans son comportement.

— Explique.

— Ne me dis pas que ça ne t'a pas échappé. On lui apprend la mort de Brassens, et à aucun moment elle ne nous a questionnés sur les circonstances. Tu as pourtant bel et bien utilisé le mot assassiné. Ça aurait dû générer une interrogation, ou un commentaire. Et là, que dalle !

— Moi aussi j'ai percuté, et tout comme toi j'attendais une question sur l'origine de la mort. On peut peut-être mettre cela sur le coup de l'émotion. Cependant, si elle voyait cet homme une fois par an pour l'entretien de sa chaudière, il ne fallait pas s'attendre à ce qu'elle ouvre les vannes. Même si son alibi est validé par son fiston, c'est clair, nous serons amenés à la revoir. Et cette fois, nous enregistrerons son audition.

*

Hent an Aod, désignation bretonne de ce que l'on traduit par le chemin ou encore la voie de la grève, nous dépose directement en face de la plage de Don. De là, nous reprenons vers Kercadic pour, nous l'espérons, pouvoir interroger Pierre Oisemonde.

La première image que nous avons de lui est celle d'un homme qui sait vivre et prendre le temps de vivre. Devant sa chaumière, malgré la proximité des voitures qui circulent à allure réduite, il a installé une petite table. Assis sur une chaise en rotin, ils sont deux cinquantenaires à deviser, se délectant d'une bière brassée en Bretagne, hermétiques aux touristes qui déambulent les yeux écarquillés par ce lieu hors du temps. Ne le connaissant pas physiquement, il se peut qu'il soit le solide gaillard presque chauve et à la barbe drue, ou l'autre plus petit et plus sec, qui tire langoureusement et béatement sur sa cigarette roulée à la main.

Si le fait qu'il occupe ses loisirs sur l'eau à traquer maquereaux ou dorades pouvait nous aiguiller, tous deux ont le teint mat et les traits comme burinés par les embruns et le travail ou les activités en plein air.

Suivant ses parents qui s'extasient en allemand sur la beauté de la façade d'une maison, une petite fille de trois ans environ progresse à petits pas. Sans s'en apercevoir, elle laisse choir son doudou, probable vestige du mouchoir du grand-père ou de la serviette de table de la grand-mère. Aussitôt, le plus petit des deux hommes gicle de sa chaise et le ramasse, rattrape la gamine en deux enjambées, et le lui tend.

— Tiens, il est tombé par terre.

Sans un mot mais dans un sourire qui laisse voir ses quenottes, elle le prend dans sa petite main potelée, et continue sa route sans que les parents ne se soient rendu compte qu'ils ont frôlé la catastrophe quand, à l'heure de la sieste, il aurait fallu fouiller inutilement la voiture ou le mobile-home de location.

— Bien joué, Pierrot ! commente le costaud quand l'autre se rassoit. Tu es rapide comme l'éclair.

Sauf s'ils ont le même prénom, nous savons maintenant lequel est celui qui nous intéresse. Comme pour fêter une exceptionnelle réussite, ils saisissent leur verre et trinquent avant de boire. Qu'il ne reste plus que quelques centilitres n'est pas pour nous déplaire, car il serait indispensable que notre tête-à-tête bénéficie d'un minimum d'intimité.

— Bonjour, monsieur Oisemonde. Auriez-vous quelques instants à nous consacrer, s'il vous plaît ?

Surpris d'être ainsi abordé, il tarde à réagir. Son copain est plus prompt. Lissant sa barbe dans un geste qui doit lui être coutumier, il porte son verre à la hauteur de ses lèvres.

— Je vais y aller. À cet après-midi, Pierrot.

Il vide son verre qu'il repose sur la table, et se lève. Quand il est à quelques mètres, je prends la parole.

— Nous sommes de la Police. Nous avons une mauvaise nouvelle à vous annoncer.

— C'est mon père ? interroge Oisemonde affolé. Ou alors, c'est mon frère ?

— Aucun des deux. Un de vos amis. Il serait préférable que nous allions à l'intérieur.

Sans débarrasser les verres vides, il nous précède vers la porte qu'il avait fermée, car il n'est pas rare que les visiteurs poussent la curiosité jusqu'à tenter d'apercevoir l'intime quotidien des habitants.

Le faire languir serait cruel, aussi est-ce dès que la porte est close que j'annonce :

— Votre copain Corentin Brassens est décédé hier.

— Quoi ! Tintin est mort !

Sidéré, les jambes comme coupées, il s'appuie d'une main ferme à la boule de la rampe de l'escalier qui mène à l'étage.

— Qu'est-ce qu'il lui est arrivé ?

— Des promeneurs ont découvert son corps dans le parc du château de Kériolet, à Concarneau. Savez-vous s'il avait pour habitude d'y aller ?

— Aucune idée. En tout cas, il ne m'en a jamais parlé. De quoi est-il mort ?

— Deux balles dans la poitrine. Nous n'en sommes qu'aux prémices de l'enquête, alors comprenez que nous rencontrons toutes les personnes qui gravitaient dans l'univers de Corentin.

— Oui, c'est normal. La pauvre Krystell doit être dévastée.

— Je l'ai vue hier, et nous sommes retournés la voir tout à l'heure. Elle était en état de nous recevoir, mais bien sûr elle traverse une période très compliquée. Pour en revenir à Corentin, quelle relation entreteniez-vous avec lui ?

— C'est… Oh, j'en parle au présent ! C'était un copain, un bon copain. On s'est fait des parties de pêche incroyables, que ce soit sur mon bateau, en allant au-delà des Glénan, ou sur la digue ou les rochers de Trévignon.

— A-t-il évoqué en votre présence des éventuels problèmes avec une relation, comme un client, un voisin ou un membre de sa famille ?

— Non, jamais. Il n'était pas du genre à chercher la chicane. Vous lui donniez une canne à pêche, et c'était le plus heureux des hommes. Éventuellement, il parlait de son boulot et de corvées qu'il avait pu ramasser pendant la semaine, mais jamais d'une embrouille.

— Quand l'avez-vous vu pour la dernière fois ?

— Pas ce week-end, ni l'autre d'avant, mais l'autre encore. Oui, c'est ça, il y a près de trois semaines.

Tiens, ceci est contraire à la version de Krystell, la veuve éplorée, qui a affirmé que Corentin était parti pêcher samedi dernier.

— Il pouvait s'écouler pas mal de temps, finalement, entre vos rendez-vous.

— Avant, on allait pêcher ensemble le samedi ou le dimanche, et parfois les deux jours, mais depuis avril il se faisait plus rare.

— Il vous en a donné la raison ?

— Il avait des choses à bricoler chez lui, ou alors il fallait qu'il fasse sa comptabilité, ou qu'il finisse un chantier en retard.

Une confrontation des deux versions sera nécessaire, pour trier le vrai du faux.

— Pouvez-vous nous indiquer les dates auxquelles il vous a accompagné ?

— De mémoire, impossible de m'en souvenir avec certitude. Attendez… Il est venu le samedi d'il y a trois semaines, donc le dernier samedi du mois de juin. Et avant cela, pour le reste du mois, il est venu un week-end sur deux, le samedi ou le dimanche. Pareil pour le mois de mai. Même les jours fériés, il n'est pas venu. Je me rappelle l'avoir chambré quand il m'a dit qu'il avait bossé chez lui le premier mai. Un jour férié, la fête du Travail, c'est ballot ! Je le lui ai dit, et ça nous a fait marrer.

Pas mal, pour un gars qui affirmait que sa mémoire lui jouerait des tours. Nous cumulons des renseignements et des dates qu'il nous faudra vérifier. Parce qu'il n'y a plus rien à ajouter sur ce chapitre, Justin donne une nouvelle orientation à l'interrogatoire amical.

— Hier, qu'avez-vous fait ?

— Je suis allé à la pêche avec Jean-Mich, le copain qui était avec moi tout à l'heure. On a pris mon bateau, et on a ratissé de l'Île Verte jusqu'à Men Du.

Men Du, roches noires en breton, en opposition à l'Île Verte qui tient son nom de la végétation qui invariablement résiste aux plus terribles tempêtes automnales ou hivernales.

— Avez-vous son numéro de téléphone ? N'y voyez pas un mal, c'est juste une vérification, et on vous laisse tranquille.

Immédiatement contacté, son copain Jean-Mich me sert le même texte. Au cas où nous aurions un doute, sur le conseil de Pierre Oisemonde, pendant mon appel Justin est allé rencontrer Aude, la voisine qui nous avait renseignés un peu plus tôt sur l'absence de Oisemonde, et qui a avoué s'être régalée la veille au soir d'une sole de belle taille, pêchée au filet, et offerte par le bon voisin Pierrot.

Quelques instants plus tard, en remontant en voiture, nous savons que le copain de Corentin Brassens ne nous a pas menti. Il n'empêche, les absences de l'électricien-chauffagiste de son domicile ne correspondent pas toutes à des parties de pêche. Que faisait-il, ces jours-là, quand il mentait à sa femme sur son emploi du temps ? Se rendait-il à un rendez-vous galant, ou prenait-il part à un exercice tout autant répréhensible, pour lequel non seulement son épouse mais également les autorités, auraient réclamé des explications ?

*

Si nous récapitulons, nous avons fait le tour des personnes ayant eu Corentin Brassens hier matin au téléphone, ainsi que son meilleur copain, et tout cela pour rien. Sitôt assis dans notre carrosse, conformément à nos prévisions, nous prenons la direction de Pont-Aven pour aller vérifier l'alibi de Christine Michener. Alors que Justin conduit, je me mets en quête de son opérateur téléphonique. Quand je tiens le bon interlocuteur, j'explique :

— Capitaine Moreau, de la police judiciaire de Quimper. Je désire connaître la géolocalisation de l'appareil cellulaire de madame Christine Michener, domiciliée rue Émile Bernard, à Pont-Aven. Elle aurait reçu deux appels hier, l'un aux alentours de midi, l'autre vers treize heures 45. Pouvez-vous valider ces informations, s'il vous plaît ?

Il s'en faut de trois minutes montre en main pour obtenir confirmation des dires de la belle-mère de Corentin Brassens. Oui, elle a reçu un premier appel à l'horaire indiqué, émanant d'une certaine Sylviane Michaud, et plus tard un second appel de Krystell Brassens, à 13 heures 49. Le relais activé couvre réellement la rue Émile Bernard. Je remercie avant de couper la communication, et répète la conversation à Justin. Il m'écoute sans rien dire, avant de parvenir à la même conclusion que moi.

— Il n'y a rien à chercher de ce côté-là. Mais s'il est avéré qu'elle ne pouvait être durant ce créneau horaire dans le parc du château de Kériolet, avant de la blanchir totalement, il nous faut savoir ce qu'elle faisait entre 11 heures et midi.

— Tout à fait. Allons-y ! Pendant que tu conduis, je vois maintenant avec l'opérateur de Véréna Lanvot.

Cette fois encore, l'employé de l'opérateur est réactif. Véréna Lanvot a effectivement appelé son électricien-chauffagiste, et a reçu puis expédié un sms. Le tout dépendait du secteur couvert par le relais de Saint-Philibert.

Pont-Aven, cité de caractère magnifiée par les artistes-peintres d'une multitude de nationalités dès la seconde moitié du XIXe siècle, et dont le nom est célèbre dans le monde entier et étroitement lié à celui de Paul Gauguin. Se garer à la belle saison n'est pas une sinécure. Le magasin Intermarché n'étant pas exactement en cœur de ville, nous trouvons une place sur le parking.

Nous enquérant de la présence du ou de la responsable à une hôtesse de caisse, celle-ci appuie sur une touche et dans le micro prie madame Ernoult de se rendre à l'accueil, ce que ne tarde pas à faire une quarantenaire à la démarche énergique. Courts cheveux noirs méchés de roux, robe noire jusqu'aux genoux et tee-shirt portant le logo de son enseigne, on devine que pendant le travail elle ne perd pas son temps inutilement.

— Police, madame Ernoult, dis-je en présentant ma plaque. Nous voudrions que vous effectuiez une recherche concernant l'heure de passage en caisse de l'une de vos clientes. Est-ce possible ?

— Oui, fait-elle après un regard curieux vers ma plaque professionnelle. Venez dans mon bureau, ordonne-t-elle plus qu'elle ne le propose, en faisant demi-tour et en s'assurant que nous la suivons.

— Nous sommes navrés de vous importuner, mais nous enquêtons sur des faits d'une extrême gravité. Rien n'indique que votre cliente y soit mêlée, mais nous devons examiner toutes les éventualités.

Marchant à grandes enjambées, ce qui n'est pas sans me faire penser à un vieil adjudant de l'infanterie rompu à l'exercice qui veut démontrer aux nouvelles recrues qu'il est robuste et résistant, elle nous guide vers une porte qu'elle ouvre à l'aide d'une clé, avant de nous céder le passage puis de remettre un tour de clé.

— On n'est jamais trop prudent, glisse-t-elle dans un sourire, signe qu'elle n'est pas aussi rigide que je le présageais.

Nous la suivons ensuite dans un petit bureau, plus exigu encore que le mien au commissariat. Maintenu au mur par une applique, l'écran d'un téléviseur est divisé en quatre images, qui offrent chacune un angle différent des rayons du magasin ou des caisses. Alors que je suppose qu'elle va se pencher sur l'appareil posé sur une tablette pour choisir une caméra, elle contourne son bureau et s'y assoit. La souris de son ordinateur à la main, elle interroge :

— Savez-vous vers quelle heure elle est venue ?

— Oui, hier, vers 11 heures, 11 heures 30.

— Ah, ce n'est pas aujourd'hui. Quel est son nom ? demande-t-elle, les mains cette fois en arrêt au-dessus du clavier de son ordinateur.

— Michener. Christine Michener.

— Je vois qui c'est, murmure-t-elle sans quitter des yeux l'écran de son ordinateur. On lui donnerait le bon Dieu sans confession, à cette dame.

— Peut-être qu'elle le mérite, à l'instant où je vous parle nous n'avons rien à lui reprocher. Nous avons juste une vérification à faire, et s'il est établi qu'elle était dans votre établissement hier matin, nous ne serons plus jamais amenés à la revoir.

— Michener… Voilà ! Elle est passée en caisse hier à 11 heures 33. Vous faut-il la liste de ses achats ?

— Vous pourriez vraiment savoir ce qu'elle a acheté ?

— Bien sûr. Rien n'est impossible, avec ce joujou. Alors… un pack de six bouteilles d'eau, une bouteille de vin blanc…

— Laissez tomber, ce n'est pas indispensable. En revanche, pouvez-vous nous montrer les bandes d'hier au moment de son passage. Sa présence est garantie, mais elle n'était peut-être pas seule.

— Un jeu d'enfant. Un café, Messieurs ?

— Non merci, répondons-nous en chœur.

— Je m'en sers un, et je suis à vous.

S'apercevant que ses propos pourraient être équivoques, elle sourit plus largement que tout à l'heure, et dans un éclat de rire lève toute ambiguïté :

— Plus clairement, dans quelques secondes, je serai disponible pour vous aider.

Elle est sympa, madame Ernoult. Sous son côté fonceuse et boulot-boulot, elle cache une personnalité attachante, propre à profiter de chaque opportunité pour une tranche de rigolade. Elle se verse une tasse de la thermos apportée ce matin, et sans ajouter de sucre, la porte à ses lèvres tout en avançant vers la tablette.

— Je l'utilise très rarement, dit-elle en détaillant les boutons proposés, avant de s'emparer d'une télécommande. Si je me souviens bien, il faut que j'entre la date, et ensuite l'heure voulue. Là, ça, c'est bon... Maintenant l'heure : 11 heures 33.

— Revenez en arrière. L'idéal serait de voir son entrée dans le magasin, puis de la suivre de rayon en rayon, et enfin à la caisse. Nous saurons alors si elle était seule.

— Sauf si quelqu'un l'attendait dehors, prophétise-t-elle. Nous avons aussi des caméras sur le parking. On regardera après, si vous voulez. Voilà, je suis revenue à 11 heures. Nous allons guetter son arrivée. Je mets en léger accéléré pour ne pas la rater.

Quelques secondes, puis en reconnaissant Christine Michener qui pousse un chariot, elle revient à la vitesse normale.

— Elle entre, constate la directrice de l'Intermarché, qui ralentit à la vitesse réelle et en profite pour s'adjuger une gorgée de café.

— Elle paraît seule, ajoute Justin.

— Ça ne fait rien, on la suit jusqu'au bout.

Après un hochement de la tête, madame Ernoult sélectionne à l'aide de la télécommande une autre caméra quand Christine Michener sort de notre vision, puis une autre, une autre… Nous avons convenu d'accélérer quelque peu la vitesse, de sorte que dix minutes plus tard, en ayant aussi consulté les deux caméras extérieures, nous devons admettre que le comportement de la cliente est celle d'une ménagère lambda qui réalisait seule ses achats.

Madame Ernoult nous escorte jusqu'à la sortie. Après quelques politesses de bon aloi, elle s'en retourne de la même allure volontaire.

— On aurait peut-être dû acheter à manger, tant qu'à être là ! Vite fait bien fait, on pourrait se préparer quelques bricoles, et aller pique-niquer sur la côte.

— Oui, c'est vrai qu'au bord de la mer on en aurait plein les yeux. Mais j'ai envie de tester un restau au centre de Névez. Son nom est porteur, il nous reste à juger la cuisine.

— C'est comment son nom ?

— Le Gas de Névez. Gas « g-a-s », comme on le prononce par chez nous, et non pas gars « g-a-r-s ».

— Allons-y, si tu veux. Ils auraient pu l'appeler le Bulgare, ce nom aussi aurait fait couleur locale.

Je saisis qu'il n'ignore pas le surnom des habitants de ce chouette petit coin de Cornouaille. Il découlerait de la première guerre mondiale, lorsque de fiers soldats Névéziens de l'armée française s'illustrèrent en Serbie lors de rudes escarmouches qui opposèrent Yougoslaves et Bulgares. Reconnaissante, la plus haute autorité Yougoslave félicita ces hommes courageux, ce qui leur valut ce sobriquet toujours usité, mais beaucoup plus rarement.

— Un plat du jour et un dessert, et on se remet au taf.

IV

Nous n'avons pas fait dans l'originalité. Simon a choisi des moules au Roquefort, moi des moules marinières. Elles étaient servies avec des frites maison, et du pain frais pour saucer le fond de la gamelle. Une pâtisserie, un café, et nous étions prêts pour repartir sur le chemin de la guerre.

À l'embouchure de l'Aven, toujours sur la commune de Névez, Port-Manec'h est un espace résidentiel huppé, qui recèle beaucoup de résidences secondaires, pour la plupart occupées une courte période de l'année. Signe que sa plage était autrefois fréquentée par une certaine classe de la société, de petites cabines de plage qui ne manquent pas de charme ont traversé les décennies.

Rue de Beg Ar Vechen, le couple Révistal loge dans une maison cachée derrière une épaisse et haute haie d'arbustes de toutes sortes, impeccablement taillée. Au vu de la dimension du toit en ardoises anciennes, dont le premier étage de la partie qui nous fait face est percé de trois fenêtres en capucine, on peut présager qu'elle est de belles dimensions, mais sans exagération. Consécutive à mon coup de sonnette, la voix d'une femme se fait entendre.

— Oui, qui êtes-vous ?

— C'est la Police, Madame. Nous pouvons entrer ?

— Je peux voir votre insigne ? Mettez-le devant la caméra.

Elle est méfiante. Sans doute y a-t-il à cela une raison.

— Je vais téléphoner à la gendarmerie pour savoir si vous êtes bien de la Police.

Encore une qui confond Police et Gendarmerie. Ce n'est pourtant pas compliqué. En schématisant, Police pour la ville, Gendarmerie pour la campagne. Dans le Finistère, la Police seulement à Brest, Quimper, Concarneau, et Morlaix.

— Téléphonez plutôt au commissariat de Quimper, et demandez si le capitaine Moreau est dans les locaux. Ils vous répondront que non, car je suis ici avec le brigadier-chef Débolo. Nous venons vous interroger au sujet de votre amie Véréna Lanvot. Ouvrez-nous, s'il vous plaît.

Trois secondes d'hésitation, et nous entendons la gâche électrique commander l'ouverture du portail. Nous entrons et attendons devant la maison. Le garage est ouvert sur un coupé Mercedes gris. Jolie maison, grosse cylindrée, il en est pour qui la vie est belle. Estelle Révistal est une ravissante blonde au teint clair, malgré la formidable période d'ensoleillement que nous traversons. Sensiblement du même âge que Véréna, elle mesure un bon mètre quatre-vingt. Par pudeur, en dépit de la température quasi caniculaire, elle a enfilé un tee-shirt à manches longues, qui met en valeur ses jambes élancées. Je présume qu'elle ne devait pas le porter quand elle était étendue en maillot de bain sur le bain de soleil disposé près d'une table basse, sur laquelle il y a un verre et une revue.

Pendant que Justin sort l'ordinateur portable de sa housse et l'allume sur la table du salon de jardin, je me fends de formules de politesse :

— Merci de nous recevoir. Nous n'allons pas vous embêter tout l'après-midi, mais il était impératif que nous ayons une conversation avec vous.

Comment faut-il analyser le silence qui suit ? Se doute-t-elle du motif de notre visite, ce qui signifierait que Véréna l'aurait prévenue de notre possible visite, ou au contraire son étonnement lui cloue-t-il le bec ?

Justin étant quasiment prêt, nous nous asseyons autour de la table et patientons jusqu'à ce qu'il lève le pouce.

— Tout d'abord, veuillez décliner votre identité, Madame.

— Je m'appelle Estelle Révistal, née Le Bris.

— Votre profession ?

— Je suis coiffeuse de formation, mais je ne travaille pas. Je suis femme au foyer.

— Par choix, ou vous ne trouvez pas d'emploi dans votre branche ?

— Par choix. Mon mari gagne très bien sa vie.

Ça, c'est pour donner le change, mais nous avons l'avantage de savoir que cette situation est uniquement le fait de son mari jaloux. Justin tape ensuite ses dates et lieux de naissance, puis nous passons aux choses sérieuses :

— Nous avons rencontré votre bonne copine Véréna Lanvot, ce matin. Que pouvez-vous nous dire à son sujet ?

— Que voulez-vous savoir exactement ?

— Tout ce qui vous passera par la tête. Votre relation, l'amitié que vous vous portez, ses fréquentations, sa famille, son travail, ses loisirs, ses galères... Tout !

Pensive, d'une main elle écarte une mèche de cheveux qui lui barre le visage.

— Nous nous connaissons depuis plus de quinze ans. Nous nous sommes rencontrées dans un club de fitness, et aussitôt nous nous sommes découvert beaucoup de points communs, comme le sport, une soirée cinéma, le shopping... Nous avons très vite sympathisé, et maintenant il ne se passe pas une semaine sans nous voir ou nous téléphoner au minimum deux fois.

— Bien. Que pensez-vous de ses fréquentations ?

— Lesquelles ?

— Toutes ! Par exemple, y a-t-il des gens de son entourage que vous ne supportez pas ?

— Non.

— Même en cherchant bien ?

— Oui.

— D'accord. Des ennemis ?

Je perçois un raidissement de ses membres inférieurs, qui échappe à Justin dont les yeux vont du clavier de l'ordinateur à l'écran, pour s'assurer qu'il prend bonne note.

— Non, pas d'ennemis. Il est arrivé qu'elle me raconte des prises de bec sur son lieu de travail, mais rien de méchant.

— Quel genre d'ennuis ?

Malgré l'ombre d'un grand parasol, de petites gouttes de sueur perlent à son front, qu'elle essuie d'un revers de la main. Puis, avançant la lèvre inférieure, elle souffle pour un peu d'air frais sur le visage.

— Pas de quoi fouetter un chat : des jalousies, des petites piques de la part de ses collègues, ou de sa cheffe.

— Vous confirmez que c'est trop insignifiant pour que ce soit des ennemis ?

— Oui.

— À l'inverse, y a-t-il quelqu'un qu'elle déteste ?

— Non, fait-elle après un temps, en ouvrant grand les yeux pour illustrer qu'elle n'a jamais rien constaté de tel.

— Le nom de Corentin Brassens vous dit-il quelque chose ?

— Non, fait-elle avec franchise, semble-t-il ou alors elle est très forte pour nous manipuler. Je ne le connais pas.

Se levant de son siège, elle s'inquiète :

— Avez-vous soif ? Voulez-vous un verre d'eau, ou une citronnade ?

Une citronnade. Je crois que je n'en ai pas bu depuis mes quinze ans.

En souvenir de mes jeunes années, la proposition me séduit.

— Une citronnade, s'il vous plaît. Par cette chaleur, elle sera la bienvenue.

Sans cesser de martyriser le clavier de ses gros doigts, Justin baisse les paupières pour signifier que lui aussi se laisse tenter.

Alors que la femme disparaît dans la maison, il chuchote :

— Qu'est-ce que tu en penses ?

— Pas grand-chose, pour l'instant. Elle a chaud mais ne change pas son tee-shirt à manches longues pour un autre à manches courtes.

— Oui, et elle prend garde à ne pas remonter ses manches. Tu crois qu'elle cache une blessure ?

— Ou des bleus. En fonction de la tournure de notre échange, j'aborderai le sujet. Tu suis, on ne parle pas trop vite ?

— Ça va. Il y a sûrement des fautes d'orthographe, mais je reviendrai là-dessus tout à l'heure.

La femme blonde revient peu après, un plateau à la main.

Elle pose un verre devant chacun d'entre nous, qu'elle remplit jusqu'en haut. Prévenante, elle a pensé à y mettre des glaçons.

— Poursuivons, madame Révistal. Véréna a évoqué un problème entre elle et votre mari. Qu'en est-il exactement ?

— Ils ne s'apprécient pas beaucoup. Rien de grave, là encore. Avec le temps, ils apprendront à mieux se connaître, et ça rentrera dans l'ordre.

— Ce n'est pas certain. Elle paraissait bien remontée contre lui.

Petit moment de gêne, et elle ajoute :

— On ne peut pas plaire à tout le monde. Gwendal a un caractère fort, Véréna aussi, alors il y a eu un clash.

— À quel sujet ?

— C'est parti d'un quiproquo auquel personne n'a rien compris. Ça a dégénéré, et depuis ils s'évitent.

Ce qu'elle a la sobriété d'appeler un quiproquo a pour origine la jalousie maladive de son conjoint, mais de cela elle ne semble pas disposée à parler. Moi, si.

— Véréna nous a narré cet épisode, et en particulier la fureur incontrôlable de votre mari qui ignorait où vous étiez.

— C'est tout à fait cela. J'étais parti faire des achats, et il ne pouvait me joindre.

— Véréna nous a donné une autre version, à savoir que vous étiez avec votre amant, et que vous avez fait gober à votre mari que vous étiez chez votre maman.

Rien de tel que la vérité pour provoquer un net changement de sa manière d'être. Jusque-là elle était plutôt avenante et prolixe, mais soudain son expression se fige alors qu'elle s'emmure dans un silence.

— Jouons cartes sur table, ce sera mieux pour tout le monde, et évitera les incohérences. Que vous ayez un amant ne nous concerne pas. Si vous prenez du bon temps, tant mieux pour vous, tant mieux pour lui. Si votre mari ne le sait pas, cela peut continuer, mais s'il l'apprend, il vous le fera regretter, et vous serez la première à en souffrir. Une chose nous importe, c'est que vous n'en souffriez pas physiquement, ni même moralement. Maintenant, nous ne sommes pas ici pour vous donner une leçon de morale. Chacun fait ce qu'il veut de sa vie, à condition de respecter la loi, et il ne nous appartient pas de juger. Hum… votre mari se montre-t-il violent envers vous ?

— Non, non, jamais.

— Il n'a jamais porté la main sur vous ?

— Non, jamais.

— Soit ! Pour apaiser nos soupçons, veuillez, s'il vous plaît, remonter les manches de votre tenue.

L'atmosphère jusqu'ici légère est désormais pesante. Si la température n'était pas déjà supérieure à trente degrés, elle serait subitement suffocante. Tandis que Justin rattrape son retard en tapant de l'extrémité de ses phalanges sur les lettres du clavier, je ne quitte pas la femme du regard, insufflant ainsi que rien ne me fera changer d'avis. Elle soutient mon regard un instant, mais de guerre lasse baisse la tête vers son bras droit dont elle remonte la manche. Quand c'est fait, elle a dans les yeux une lueur de provocation. Sa peau est nette, claire comme ce que nous pouvons voir du reste de son anatomie, à savoir ses jambes longues et graciles.

— L'autre bras.

— Mais enfin, vous voyez bien que…

— L'autre bras.

Ça me coûte de durcir le ton. Elle est plus à plaindre qu'à blâmer, mais comme l'immense majorité des femmes malmenées, elle ne doit pas oser se rebeller. Il m'appartient de lui faire comprendre que si j'agis ainsi, c'est uniquement dans son intérêt.

— S'il vous plaît, juste pour une simple vérification.

C'est plus lentement que pour le premier bras qu'elle cède à mon injonction, découvrant son poignet.

— Un peu plus haut.

Sourire crispé, empreint de détresse, elle s'exécute lentement. Entre le coude et le biceps, une ecchymose d'un bleu virant au mauve délivre de la couleur à son bras blafard.

— Ne vous lancez pas dans une explication qui serait sans fondement, nous avons compris. Cela dure depuis longtemps, ces coups ou d'autres démonstrations de violence ?

— Oui, agrée-t-elle en regardant vers la manche qu'elle baisse, ceci pour éviter de croiser mes prunelles ou celles de Justin.

— Vous ne souhaitez pas mettre fin à votre relation ?

— Ce n'est pas aussi facile que vous le pensez. Il me tient, et pas seulement financièrement.

— Vous êtes grande, vous avez certainement réfléchi à votre situation. Si vous voulez que nous vous aidions, nous sommes là. Pas seulement nous deux, mais aussi les services sociaux, et toute la machinerie administrative.

— Je sais, mais…

N'achevant pas sa phrase, elle éclate en sanglots

qu'elle ne peut contenir. Nous la laissons s'épancher durant une bonne minute, avant qu'elle ne se calme progressivement.

— Comprenez que nous n'en dirons rien à personne, excepté à votre mari. Humainement, nous ne pouvons pas laisser cela passer. Avec ou sans votre accord, nous lui raconterons que nous sommes venus vous entendre pour une histoire concernant votre amie, et que par hasard nous avons aperçu cet hématome. Nous le mettrons en garde de ne pas recommencer, car sinon nous nous verrions dans l'obligation d'intervenir. Êtes-vous en état de continuer l'interrogatoire ?

— Oui, ça va aller. Mais ne dites pas à Gwendal que c'est à cause de Véréna, il serait capable d'aller la voir pour une explication…

— Musclée ? Je ne le lui conseille pas. Pour éviter cela, nous dirons que nous vous avons rencontrée lors d'une visite visant à vous mettre en garde contre des cambriolages. D'accord ?

Pas de réponse orale, un assentiment de la tête remplace ses cordes vocales défaillantes sous l'effet de son émotion.

— Faites-nous confiance, nous ne commettrons pas d'impair. Prêt Justin ? Alors, où en étions-nous ? Ah oui, Véréna ! Elle a aussi relaté une relation que vous entretenez avec un homme. Cet homme connaît-il Véréna ?

— Non, jette-t-elle toujours troublée par le fait que sa bonne copine ait dévoilé ce pan secret de sa vie privée. Ils ne se sont jamais rencontrés. Pourquoi vous a-t-elle parlé de cela ?

— Ça figure dans la liste des questions que nous ne manquons pas de poser. Et à cet homme, lui avez-vous parlé de Véréna ?

— Non, ou alors très peu, pour des banalités.

— Quelle est son identité ?

— Je ne veux pas…

— Vous n'avez pas le choix. Alors ?

— Thibaud Pilot. Il habite Botquélen, c'est un lieu-dit entre Névez et Croissant-Kergoz. Avant de continuer, je veux savoir pourquoi vous m'interroger. Est-ce que cela me concerne directement, ou alors seulement Véréna ?

— Seulement Véréna, a priori, mais nous interrogeons ses connaissances pour mieux la connaître.

— Qu'a-t-elle fait ? Qu'est-ce que vous lui reprochez ?

— Rien, dans l'état actuel. Il s'agit d'une procédure courante. Savez-vous où était Thibaud Pilot hier, entre 11 et 15 heures ?

— Sûrement à son travail. Il est employé dans la même boîte que mon mari, à Lorient. Tous les deux sont chefs de projets à la société Construction clé en main 56.

— Et vous-même, où étiez-vous dans ce même laps de temps ?

— À la plage. Je faisais du longe-côte avec un groupe d'habitués.

Il est de plus en plus exercé, ce sport qui consiste à marcher dans les vagues, de l'eau sensiblement à la hauteur de la poitrine, pour se dépenser sans s'en rendre compte, les effets de l'eau diminuant l'impact sur les muscles, ce qui évite les courbatures. Ce qui m'étonne, c'est que son corps n'accuse pas les effets des ultraviolets pour prendre une teinte bronzée. Sans doute n'est-elle pas être une fervente adepte et enfile-t-elle une combinaison intégrale en néoprène. Et contrairement à ce que j'ai pensé tout à l'heure en arrivant, elle doit éviter de lézarder sur le transat, son abruti et jaloux mari pouvant lui reprocher de s'exhiber, même si la densité de la haie ne laisse rien filtrer.

— Vous avez pratiqué cette activité durant deux heures.

— Non. Le rendez-vous est fixé tous les matins à 11 heures. Nous avons marché dans l'eau pendant plus d'une heure, puis nous avons pique-niqué tous ensemble. Je suis rentrée à la maison vers 15 heures.

— D'accord. Votre groupe a-t-il un nom ?

— Oui, Les marcheurs de Tahiti.

Mine de rien, nous cumulons des informations. Un dernier point à étudier :

— Véréna a-t-elle un homme dans sa vie ?

— Elle vit seule avec ses enfants, Cynthia et Benjamin.

— Pas d'amant ?

— Non. Je pense qu'il y a quelqu'un, mais elle ne m'en a jamais parlé. Un peu comme si c'était un tabou.

J'ai un peu de mal à l'admettre. Deux bonnes copines, inséparables malgré la brouille avec le mari de l'une d'elles, n'ont à mon avis pas de secret l'une pour l'autre. Mon téléphone sonne alors que je me fais cette réflexion, mais je décide que l'appel de Simon attendra la fin de cet entretien.

— Je ne le lui ai pas demandé, est-elle veuve, ou séparée du père de ses enfants ?

— Le divorce remonte à quatre ans. Son ex-mari vit au bourg de Trégunc.

Encore une info qu'il nous faudra creuser. Finalement, à l'issue de l'audition de Véréna Lanvot, pas mal de personnes viennent se greffer à notre enquête. Il est fort probable qu'elles ne sont en rien mêlées à la mort de Corentin Brassens, mais comme nous n'avons aucun fil sur lequel tirer…

Tout en buvant ma citronnade, je m'assure que Justin ne se contente pas de taper le témoignage d'Estelle Révistal, mais qu'il assimile son discours. Il me le fait comprendre de deux battements de paupières, et en frisant le nez, sous-entend qu'il ne voit pas de question complémentaire à poser. Bosser ensemble a pour avantage de supprimer bien des bavardages inutiles.

— Je crois que nous en avons terminé, madame Révistal. Le brigadier-chef Débolo va vous lire le procès-verbal d'audition. Si vous ne voyez rien à ajouter, il l'imprimera et vous le signerez.

*

Quittant la rue de Beg ar Vechen, nous descendons vers la plage. Les cabines de plage ont le pouvoir de nous faire remonter le temps, en conférant au lieu une image des années quarante ou cinquante, quand les plus huppés venaient profiter des bains de mer. Notre antique voiture ayant pour climatisation exclusive les lève-vitres, sous peine d'être trempés de sueur, nous en sortons pour un débriefing. Les cris joyeux des enfants sont toujours un ravissement. Courant après un ballon, lançant un frisbee, ou bâtissant un château de sable, ils s'amusent, alors que ceux qui se baignent le font sous la surveillance des parents, car ici où se jette l'Aven, les courants peuvent s'avérer dangereux.

Whole lotta love fait retentir ses premières notes.

— Salut Simon. Tu as terminé ta corvée ?

— Oui, et c'est heureux. Et vous, où êtes-vous ?

— Devant la plage de Port-Manec'h. On hésite entre piquer une tête pour nous rafraîchir, manger une glace, ou continuer à bosser.

— Très drôle, bande de veinards. Margot fera suivre le dossier complet d'autopsie dans quelques jours, ou semaines, mais elle a pu établir que les deux coups de feu ont provoqué une mort quasi instantanée.

— Au moins il n'a pas souffert. Nous éviterons quand même ce détail devant sa veuve et ses proches. Une idée sur l'arme ?

— Non. Les projectiles sont du 9 millimètres, mais elle ne peut s'avancer sur le type d'arme. Je les ai mis sous scellés, et ils sont en ma possession. Tu crois qu'on peut demander une analyse de la balistique ?

— Pas tant qu'on n'a pas l'arme, ça ne nous avancerait pas à grand-chose, sauf si le flingue a un passé. On continue l'enquête de flagrance, et si nous n'avançons pas, il sera toujours assez tôt pour voir avec la balistique. À part cela ?

— Margot situe la mort entre 11 et 13 heures. Elle est un peu plus précise que le toubib de Concarneau.

On peut faire confiance à Margot Besson, la médecin-légiste du pôle médico-légal. Pour faire parler un cadavre, cette grande professionnelle n'a pas son pareil. Et pour peu qu'on lui promette une ou plusieurs pâtisseries, elle met les bouchées doubles.

— À cette faible distance, il ne pouvait pas rater sa cible.

— C'est clair. Si ça ne te dérange pas, je m'arrête, vite fait bien fait, manger un morceau. Après, que veux-tu que je fasse ? Je vous rejoins ou je vais au bureau ?

Bonne question. Où serait-il le plus utile, et à quelle tâche ?

— Si je ne me trompe, tu t'y connais en plomberie ?

— Ma modestie me pousse à répondre non, mais oui, je me débrouille suffisamment pour avoir refait l'installation dans ma salle de bains, et chez un copain. Pourquoi ?

— C'est bien ce que je pensais. Alors, après t'être rassasié, tu files chez le couple Glémarec, à Lambell. Tu trouveras l'adresse exacte sur mon bureau, dans leur PV d'audition. Brassens a prétexté une pièce non reçue pour déserter son chantier. J'aimerais en savoir plus. C'est dans tes cordes ?

— Je vais essayer. Autre chose ?

— Non, je pense que ça va te prendre un moment. Sinon, on se rappelle.

— Entendu. À plus !

Durant cet échange, Justin n'est pas resté les deux pieds dans le même sabot. S'éloignant pour que nos conversations ne se brouillent pas, et faisant preuve d'initiative, il a dégainé son mobile, et est entré en communication avec un interlocuteur dont j'ignore l'identité. Quand deux minutes plus tard il éteint son appareil, il résume :

— J'ai contacté le patron de Construction clé en main 56. Pas de télétravail, hier, pour Thibaud Pilot et Gwendal Révistal. Leur boss est formel, ils étaient à leur poste, dans les locaux de l'entreprise. La matinée était consacrée à une formation, et les stagiaires ont ensuite déjeuné avec les autres cadres de la société et l'intervenant.

— Une formation au mois de juillet ?

— Dans le bâtiment, par tradition c'est en août qu'on fait relâche. Bref, quand le repas s'est terminé, il était plus de 14 heures.

— Deux pistes qui à peine évoquées s'évanouissent déjà. Dommage, j'aurais aimé coincer ce Gwendal.

— Et moi, alors ! fait Justin en durcissant les traits de son visage. Un connard qui frappe sa femme, sa concubine ou ses gosses, je lui ferais regretter d'être né. Salopard ! Sans le savoir, il s'en tire bien.

— Pour l'instant. La vie est drôlement faite, tu sais. Quand nous verrons plus clair dans cette affaire, nous aurons une discussion avec lui. Entre quatre yeux, il saura ce que nous pensons des enfoirés dans son genre.

— Rien ne me ferait plus plaisir. Tu as des news de Simon ?

— Un peu. Margot Besson raccourcit le créneau horaire. Elle situe la mort entre 11 et 13 heures.

— C'est plus précis. On continue par quoi ?

— Par la belle Estelle. Farfouille sur ton portable, et remonte jusqu'à l'association ou le club sportif “Les marcheurs de Tahiti”. S'ils cherchent de nouveaux adhérents, ils ont sûrement indiqué les coordonnées d'un contact.

Pendant qu'il s'exécute, j'admire le panorama, m'attardant sur la côte de l'autre rive de l'Aven.

Après sa recherche et un court conciliabule avec un ou une inconnue au téléphone, Justin vient dans ma direction.

— J'ai eu la présidente de l'association. Elle aussi est formelle sur le fait que la belle Estelle, comme tu l'as qualifiée, était hier à la séance de longe-côte, et qu'elle a participé au pique-nique qui a suivi. Derrière le son de sa voix, j'entendais les mêmes sons qu'ici, ce qui augure qu'elle est sur une plage. Il y en a qui ont du bol ! Longe-côte le matin, plage l'après-midi. Le pied !

— Elle est peut-être en vacances ou en retraite. Ne t'inquiète pas, ton tour viendra, et à ce moment-là, tu regretteras ta jeunesse. Un temps pour tout ! Soyons plus pragmatiques, et parlons de notre affaire : encore une piste qui se dérobe sous nos pieds.

— Oui. On n'a que des innocents, pour l'instant. Véréna Lanvot nous a embarqués dans leur direction, mais force est de constater qu'il n'y a rien à gratter.

— Ce qui peut être interprété de deux manières : soit il n'y a rien du tout à gratter, soit elle nous a envoyés sur leurs basques pour ainsi se disculper.

— En clair, qu'est-ce qu'on fait ?

Je n'en sais pas plus que lui. Les yeux braqués vers le large, sans m'ébahir sur la beauté et l'élégance d'un voilier ou sur la vitesse de trois jet-skis qui font une course, je réfléchis. Que savons-nous, en fin de compte ? Un homme est mort, assassiné. Et à part cela ? Il a quitté son chantier pour une raison que nous ignorons. Ce départ a-t-il précipité sa fin, ou était-elle inéluctable ? C'est pour tenter de le définir que j'ai envoyé Simon chez les Glémarec, parce que soit il manquait réellement une pièce à Brassens, soit il avait trouvé cette excuse pour, sans le savoir, un rendez-vous avec la grande faucheuse. Mais alors, à quel moment a-t-il eu vent de ce rendez-vous ? S'il le savait le matin avant de monter dans son fourgon, c'est qu'il avait préalablement eu un contact avec le tueur. Or, il a dit à Krystell, son épouse, qu'il allait chez les Rouroux poursuivre son chantier. Il ne reste plus qu'une solution, incontournable, à savoir que celui ou celle qui a donné ce rendez-vous l'a contacté après son départ de la maison. Dans ce cas, à quel moment ? Durant le trajet, peut-être s'est-il arrêté en reconnaissant un ou une proche, et sa matinée en a été modifiée. Ou alors lorsqu'il travaillait chez les Glémarec ? Improbable, car il n'a reçu que deux coups de téléphone ou sms, et nous avons rencontré les appelants qui ont tous un alibi. Reste la possibilité que le tueur se soit approché de la maison des Glémarec pour lui suggérer de le suivre. Problème, je me souviens que Georges Glémarec a râlé sur son chien, Diego, qui aboyait à chaque fois que quelqu'un se présentait. Immanquablement, il l'aurait fait si un quidam s'était approché de la maison. Alors ? Il me semble indéniable qu'il fallait que ce soit quelqu'un que non seulement il connaissait, mais mieux encore qu'il appréciait et dont il ne se méfiait pas, pour ainsi délaisser son travail et le suivre sans redouter ce qui allait advenir. En tenant compte de ce développement, tout nous ramène au cercle restreint de sa famille, ou de ses amis.

— On retourne chez Brassens, et on épluche ses relations les plus proches. On consulte ses fadettes, au cas où son rencard était programmé depuis un ou plusieurs jours, ses comptes bancaires, ses devis, ses factures… On fouille, on fouille, et on trouve !

*

Depuis ce matin, la Corsa rouge et l'Espace Renault noir n'ont pas bougé. En revanche, la Dacia à la couleur indéfinissable qui n'y était pas ce matin est garée devant le mur d'enceinte. Dans ce moment d'infinie détresse, les parents divorcés oublient leurs rancœurs pour épauler leur fille et ses trois orphelins. Une Volvo grise de moyenne gamme est stationnée à sa suite. Le portail étant toujours ouvert, il est prévisible que Teignou est enfermé dans l'atelier de son défunt maître. Devant l'Espace, un scooter totalement noir est posé sur ses béquilles, le casque sur le siège. Par ici, parce qu'ils ne disposent pas des mêmes facilités que les citadins, beaucoup de jeunes dès qu'ils ont l'âge requis pour les piloter tannent leurs parents pour obtenir ce moyen de locomotion, sans lequel ils seraient isolés de leurs copains et copines. C'est ce à quoi je pense en faisant un lien entre ce scooter, qui doit appartenir à Jules, et à celui de Benjamin, le fils de Véréna Lanvot, qui le partage sans doute avec sa sœur Cynthia, ce qui ne doit pas aller sans complications et chamailleries.

La porte de la maison est béante, mais nous n'osons pénétrer sans tambour ni trompette, aussi cette fois est-ce Justin qui joue de ses cordes vocales pour héler la cantonade. Olivier Pigeon est le premier, à nous accueillir. Dire qu'il a considérablement vieilli depuis la veille serait abusé, mais une nuit en grande partie blanche, et des inquiétudes quant à l'avenir de sa fille et de ses petits-enfants, l'ont indéniablement abîmé physiquement.

— Bonjour, monsieur Pigeon. Je vous présente mon équipier, le brigadier-chef Débolo.

— Bonjour. Ce n'est pas gai, dans la maison. Ma fille n'arrête pas de pleurer, les enfants non plus. Ce n'est pas facile à vivre… J'ai réfléchi, hier soir et j'ai même failli vous téléphoner.

— Vous auriez pu le faire, vous ne m'auriez pas dérangé. C'était pour quelle raison ?

— Après votre départ, j'ai cogité à toutes sortes de choses, et je me suis dit que, si quelqu'un a tué Corentin, c'est bien parce qu'il avait quelque chose à lui reprocher, à lui ou à toute la famille. Et même si ce n'était pas à toute la famille, aussi bien ce, ce… je ne trouve pas de mots, mais ce tueur, a peut-être l'intention de supprimer toute la famille. Ça peut paraître bête, mais bon, après un événement comme celui-là, on n'est pas long à se mettre un scénario catastrophe en tête. J'ai donc hésité à vous appeler, pour demander qu'une patrouille passe de temps en temps, au cas où… Je ne devrais pas vous le dire, mais je suis allé chercher mon fusil de chasse, et je suis revenu. J'ai dormi sur le canapé, le téléphone à portée de main, en comptant sur les aboiements de Teignou pour me réveiller s'il y avait un rôdeur.

C'est une éventualité à laquelle j'avais moi aussi pensé, mais sans la retenir. Si le tueur en voulait à toute la famille, il se serait directement rendu à leur maison, et aurait commencé par abattre le chien avant de se livrer à un carnage. La maison n'est pas isolée, mais en venant nuitamment, il aurait couru peu de risques d'être surpris. Il ne faut cependant pas sous-estimer cette idée, car si le beau-père de la victime y a pensé, peut-être a-t-il eu vent d'un motif.

— Krystell vous a-t-elle raconté un fait qui aurait étayé vos craintes ?

— Non, mais c'est ce à quoi je réfléchissais pendant la nuit.

— Dans ce cas, qu'est-ce qui motive vos pensées quant à un tueur assoiffé de vengeance ?

— Rien de précis. C'était une idée, comme ça, quand je n'arrivais pas à dormir.

— Vous en êtes certain ? Il y a peut-être un élément auquel vous accordez une faible importance, mais qui, inconsciemment, vous donne à penser que Krystell et les enfants sont en danger.

— Si j'avais la plus infime inquiétude, à condition qu'elle soit fondée, je n'aurais pas fait un saut à la maison, et je ne serais pas allé à la boulangerie.

— Vous n'étiez pas là quand nous sommes venus ce matin.

— Non, je vous ai ratés. Quand Christine s'est levée, je suis rentré chez moi prendre une douche et me changer. Je suis passé à la boulangerie, et je suis revenu juste après votre départ.

Surprise que les arrivants ne pénètrent pas dans la maison, l'ex-madame Pigeon vient aux nouvelles. Elle est passée par la salle de bains depuis notre passage ce matin, s'est lavée et changée, mais elle n'en est pas pour autant plus fraîche. Tout au plus, un maquillage de bon aloi gomme partiellement ses rides, excepté les pattes d'oie. En dépit d'un fond de teint et de maquillage éclatant sur les lèvres et autour des yeux, elle n'est pas autant à son avantage qu'hier.

— Vous avez du neuf, depuis ce matin ?

— Très peu. L'autopsie confirme que la conjugaison des deux balles a donné une mort instantanée. Au moins, il n'a pas souffert.

Quand on est au fond du trou, il faut savoir se consoler d'un rien. Les yeux vers les dalles carrelées, l'homme et la femme n'affrontent pas nos regards, ce qui serait difficile pour nous quatre, et cherchent comment ils pourront livrer cette information à leur fille.

— Entrez, suggère Olivier. Mon frère et sa femme sont là.

Il s'efface pour nous céder le passage, désignant de la main la pièce à vivre de laquelle s'échappent des voix à peine audibles. Krystell et un couple de sexagénaires sont assis autour d'une table où voisinent soucoupes et tasses de café, ou encore crêpes et bocaux de confiture. Nulle trace des enfants, qui doivent être dans leur chambre ou ont pour quelques heures retrouvé copains ou copines pour fuir l'ambiance poignante qui règne ici.

— Bonjour Messieurs-Dames. Nous ne voulons pas vous importuner, nous aimerions parler à Jules. Est-il ici ?

— À l'étage, avec ses petites sœurs, dit Christine pour éviter à sa fille de parler. Je ne crois pas qu'il vous sera d'un grand secours.

— Nous verrons. Ne craignez rien, nous n'allons pas le brusquer.

Me tournant vers le papy, je lui demande d'aller chercher le jeune homme, et après une formule de politesse envers les personnes attablées, Justin et moi sortons l'attendre à l'extérieur. Nous n'avons pas encore vu l'adolescent, et lorsqu'il est face à nous, nous avons l'impression de voir ce que devait être son père à son âge, les kilos du passage de la quarantaine en moins. Pieds nus, il porte un short et un maillot du PSG, l'emblématique club de foot de la capitale.

— Bonjour Jules. Tu dois être très triste, nous le comprenons, mais pour les besoins de notre enquête, il est important que nous ayons une conversation avec toi. Rien de terrible, tu n'as rien à craindre. Si tu veux, papy Olivier peut rester avec nous.

Pour l'inciter à accepter, je marche vers le salon de jardin, où Justin a déjà sorti l'ordinateur de sa housse et l'a allumé. Après quelques secondes d'indécision, Jules se met en branle, suivi de son grand-père. Nul n'y étant venu de la journée, pour nous protéger, j'ouvre le large parasol resté fermé, ponctuant mon geste d'une phrase bateau pour aider le jeune orphelin à se détendre.

— Avec ça, on ne risquera pas l'insolation. Asseyons-nous. Tu es prêt, Justin ?

— Pas tout à fait, grimace-t-il en respirant fortement, redoutant de déclencher une nouvelle coulée de larmes avec ce qui va suivre.

— On va poireauter un instant. Comment vont tes sœurs, Jules ?

— Elles pleurent. Elles pleurent toute la journée.

— C'est normal. Il ne faut surtout pas se retenir. Si… si à un moment tu veux qu'on arrête, on respectera ton choix. Tu n'hésites pas à nous le dire, nous comprenons parfaitement ton émotion.

Il essuie ses yeux embués d'un revers de la main, regarde son aïeul, puis revient vers moi.

— Ça ira.

— D'accord. J'ai vu ton scooter. Tu l'as utilisé, aujourd'hui ?

— Oui. Je… malgré les circonstances, j'ai eu envie d'aller voir un copain.

— Ça t'a sûrement fait du bien.

— C'est bon pour moi, fait Justin. On peut commencer.

— Bien. Jules, on va partir doucement, merci de nous donner ton nom, ton prénom, ta date et ton lieu de naissance.

Quand son état civil est entré, il convient d'entamer la partie la plus ardue de l'entretien.

— Nous rencontrerons tes sœurs plus tard, mais du fait qu'elles sont plus jeunes que toi, il est quasi certain qu'elles ne nous apprendront rien de particulier. Étant l'aîné, tu as plus de recul qu'elles, et tu sais sûrement analyser une situation comme elle doit l'être, en lisant entre les lignes, en interprétant des silences, en entendant seulement une partie d'une conversation… Ma question est simple : sais-tu qui pouvait en vouloir à ton papa ?

— Non, fait-il après avoir avalé sa salive.

— Ces derniers jours, comment était l'ambiance à la maison ? Il n'y a pas eu d'accrochage entre ta mère et ton père ?

— Non.

— Ont-ils eu une prise de tête avec quelqu'un ? Un membre de la famille, un voisin, un client, un fournisseur, un copain…

— Non. Sinon, dès hier, j'aurais demandé à vous rencontrer.

Malgré de légers trémolos dans la voix, il s'exprime clairement, faisant preuve de logique et de réflexion. L'entame est prometteuse, espérons que la suite le soit aussi malgré sa réponse négative.

— Veux-tu dire par-là que tu ne peux pas nous aider ? Que tu ne vois rien qui puisse orienter notre enquête ?

— Oui. Je suis désolé, mais je ne vois pas qui a pu… a pu faire ça.

Prononcé dans un souffle, son dernier mot entraîne des larmes. Se recroquevillant sur sa chaise, haletant, il craque littéralement. Olivier se lève et tente de le prendre dans ses bras, mais le jeune homme est inconsolable. Il s'en faut de cinq bonnes minutes pour qu'il recouvre ses esprits. Quand une armée de mouchoirs en papier jonche la terrasse, nous reprenons.

Cela ne dure pas longtemps, en fait, car à chacune de mes questions il répond par la négative. Non, son père n'avait pas d'ennemis, non, son père et sa mère ne s'engueulaient pas souvent, non, il n'a jamais entendu d'échanges virulents au sujet d'un client ou d'un fournisseur, ni même d'un voisin.

— Tu as été très courageux, Jules. Un grand merci pour ta participation. Maintenant, nous allons interroger tes sœurs. Ce serait peut-être bien que tu les prépares, en leur disant en quoi cela consiste. Rassure-les, mais ne leur dis pas ce qu'elles doivent répondre. Qui sait, l'une d'elle aura peut-être une information de qualité à nous donner.

Tandis qu'il s'éloigne à pas lents, Olivier Pigeon regarde par-dessus mon épaule.

— Ah, voilà Benoît. Il m'emmène récupérer le fourgon de… de Corentin. Au-revoir, Messieurs.

*

Trente minutes plus tard, nous quittons la maison endeuillée. Manon et Morgane ne nous ont été d'aucune aide. Allongée sur son lit en position du fœtus pour l'une, et l'autre assise sur le même lit, elles ont hoqueté de rares mots ou débuts de phrases sans intérêt. Au rez-de-chaussée, idem pour le frère et la belle-sœur d'Olivier, qui étaient hier à Belle-Île pour la journée. Ils ont indiqué dans quel restaurant ils ont déjeuné, et un simple coup de fil a validé leur alibi.

C'est donc le moral en berne que nous roulons vers Saint-Philibert. Chez Véréna Lanvot, la porte ouverte pour créer un petit courant d'air nous avise que la demeure est occupée. Reste à savoir s'il s'agit de la maman, de l'un de ses enfants, ou des deux. Le scooter n'est pas dans l'allée, signe qu'au moins l'un des deux jeunes est absent. Plutôt que d'utiliser la ficelle de la cloche, je m'informe :

— Il y a quelqu'un ?

— Oui, j'arrive.

C'est bien la voix de la maman qui répond, avant

qu'elle ne s'affiche dans le chambranle de la porte de la cuisine.

— C'est encore vous ! lance-t-elle sans tenter de masquer son ulcération.

— Veuillez nous excuser, mais nous nous sommes aperçus que nous avions encore quelques questions à vous poser. Nous pouvons entrer ?

— Restez dehors, nous y serons mieux.

Ce n'est pas un ordre, mais elle énonce clairement ce qu'elle préfère, ce qui ne nous dérange en rien car par la grâce d'un arbre dont j'ignore le nom, la petite terrasse est maintenant à l'ombre du soleil. Nous nous asseyons sans y être conviés, pendant qu'elle approche la flamme d'un briquet d'une cigarette blonde.

Comme d'habitude, il m'appartient de faire patienter pendant que Justin allume son ordinateur portable, car aujourd'hui elle ne coupera pas au respect de la procédure.

— On ne passait pas très loin, alors on s'est dit qu'il y avait une chance de vous trouver à la maison. D'ailleurs, cela va nous permettre d'enregistrer votre déposition. Sinon, on va se faire taper sur les doigts par nos chefs.

Qu'est-ce qu'il ne faut pas inventer pour se justifier…

— Il s'en est fallu de peu, j'allais partir. Ma fille passe l'examen du permis de conduire vendredi, alors on projetait une balade pour qu'elle ne perde pas la main.

— Elle n'a pas le droit de conduire, si elle n'a pas le permis.

— Si, elle est inscrite en conduite accompagnée depuis ses seize ans.

— Ça change tout, en effet. Elle est confiante pour vendredi ?

— Oui, mais bon, on verra. Il suffit d'une erreur, et tout est à recommencer. Elle aurait dû le passer en juin, mais avec le confinement tout a pris du retard.

— Elle apprend sur le même modèle de voiture que la vôtre ?

— Non, mais une voiture c'est une voiture, et un volant un volant.

Tournant la tête vers moi, mon équipier me fait comprendre qu'il est prêt, ce qui évite que je me perde en déclarations convenues sur la longueur ou la puissance du véhicule. Le sachant au taquet, je laisse le temps à Justin d'entrer l'identité de Véréna. Lorsque c'est fait, l'audition peut débuter.

— Allons-y. Madame Lanvot, quelle est votre profession ?

— Je suis aide-soignante dans un l'EHPAD de Concarneau. En ce moment, je suis en congés.

— Nous avons oublié de vous demander si vous êtes veuve ou divorcée.

— C'est seulement pour cela que vous êtes revenus ? Vous auriez pu me téléphoner, ça aurait été plus simple et plus rapide.

— Nous étions dans le coin, ce n'est pas vraiment une perte de temps. Nous aussi aurions préféré, car nous sommes attendus à Quimper mais la procédure veut que nous enregistrions vos déclarations.

Impossible de savoir si elle est sensible à cette galéjade qui a pour seul but de nous dédouaner et d'endormir sa méfiance, l'administration française étant souvent décriée.

— Alors, quelle est votre situation familiale ?

— J'ai quitté le père de mes enfants il y a quatre ans. Le divorce a été prononcé dans la foulée, quelques mois plus tard.

— C'était expéditif.

— Un divorce par consentement mutuel est toujours plus rapide, même si on n'a pas pu le faire en ligne.

— Ça existe, les divorces en ligne ? C'est la première fois que j'entends parler de cela.

— C'est de plus en plus courant, et bientôt, grâce au bouche-à-oreille, tous les divorces par consentement mutuel le seront. On gagne du temps, et on fait une économie incroyable.

Devant mon air circonspect, elle renforce sa position :

— Nous avons dû le faire de façon classique, parce qu'il fallait statuer sur la garde des enfants et la pension alimentaire, mais sans cela c'est sûrement la formule que nous aurions adoptée. Un couple d'amis l'a fait, et ils en sont ravis. Lors de leurs premiers contacts avec des avocats, pour faire jouer la concurrence, ils se sont vite rendu compte qu'ils s'entendaient sur des prix exorbitants et proposaient le même tarif, quitte ensuite à baisser un peu pour obtenir le marché. Il faut croire que ce qui est interdit pour les sociétés ne l'est pas pour eux, alors que ce sont les défenseurs de la loi.

Plusieurs hochements de la tête, conjugués à une moue dégoûtée dévoilent ce qu'elle en pense, avant qu'elle continue :

— C'est en fouinant sur internet que mes deux amis ont découvert le divorce en ligne, ils se sont inscrits, et franchement, ils ne l'ont pas regretté. Trois ou quatre fois moins chers que les avocats qui ont pignon sur rue dans la région. Ils se sont engagés auprès d'un cabinet de Rennes. Leurs deux porte-monnaie ont apprécié l'économie réalisée.

Trois ou quatre fois moins cher. La différence est énorme. Il faudra que je me tuyaute sur ce phénomène. Non pas que je souhaite me séparer de Murielle, parce que primo j'en suis amoureux et que secundo nous ne sommes pas mariés, mais par curiosité pour cette formule révolutionnaire qui doit faire grincer dans les cabinets d'avocats. Moi qui ne les aime déjà pas beaucoup, parce que souvent ils sont imbus de leur personne et snobinards, cette information m'interpelle.

— Revenons à nos moutons, si vous le voulez bien : les enfants voient-ils leur père ?

— Bien entendu, dans la mesure du possible. Il travaille sur une plate-forme pétrolière, au large des côtes africaines. Il travaille durant quatre semaines, et il est ensuite en vacances pour la même durée.

— Si je compte bien, il trime six mois dans l'année.

— Oui, mais pas comme les enseignants, si on cumule vacances et week-ends. Si le soir il n'a pas de copies à corriger, il fait des journées de douze heures, sept jours sur sept, sous une température atroce et dans des conditions infernales.

Qu'elle défende bec et ongles son ex-mari laisse entrevoir que les ponts ne sont pas coupés. Au fond de moi, un petit lutin me susurre de creuser.

— Comment s'appelle-t-il ?

— Alexandre Harrys. Cynthia et Benjamin portent son nom.

— Il habite dans la région ?

— À Kerouel. C'est un lieu-dit à l'entrée de Trégunc, quand on vient de Concarneau.

Soit à faible distance de l'endroit où elle compte acheter une maison, à Pont-Minaouët, ce qui démontre s'il en était besoin que les relations entre les ex-époux ne sont pas mauvaises. Ce qui me fait aussi percuter, c'est que Kerouel est à seulement quelques kilomètres du château de Kériolet, et de son parc. Sans faire montre de satisfaction ni d'excitation, je poursuis.

— Il est à terre en ce moment ?

— Oui. Quand il est là, les enfants vont chez lui une semaine sur deux. C'était le cas la semaine dernière.

— À tout hasard, savez-vous s'il connaissait Corentin Brassens ?

Plutôt que de répondre, elle pouffe avant d'expliquer ce qui a déclenché sa réaction :

— Il connaît mieux sa femme qu'il ne connaissait Brassens. Ils sont sortis ensemble quand ils avaient dix-huit ans. C'était le premier grand amour d'Alex.

— Ils sont restés longtemps ensemble ?

— Un an et demi, si je me souviens de ce que m'avait dit Alex. Pourquoi ces questions, fait-elle en redevenant grave, vous croyez que ce serait lui qui l'aurait tué ?

— Nous n'en savons rien, mais nous devons examiner toutes les possibilités.

— Si vous devez rencontrer toutes les personnes qui connaissaient Brassens, vous n'en avez pas terminé, assène-t-elle sur un ton ironique. Artisan, et ayant sans doute grandi dans la région, il devait fréquenter énormément de monde.

Ce n'est pas faux. Mais si jusqu'ici nous n'avions aucun fil sur lequel tirer, voici qu'elle nous en propose un, car nous avons enfin l'identité d'un homme qui avait un point commun avec la victime, et pas n'importe quel point commun, car il s'agit de l'ex-compagne de l'un qui est devenue la femme de l'autre. Sans tirer de conclusion hâtive, puisque cette histoire d'amour dont nous ignorons la durée ne date pas d'hier, cela mérite que nous y consacrions quelques efforts. Le temps de ce petit aparté, elle a réfléchi, et le regard soudain illuminé d'un indéfinissable sentiment, elle me pique.

— Si vous m'interrogez, c'est parce que vous n'avez rien à vous mettre sous la dent ?

— En effet. Vous êtes l'une des dernières personnes à avoir eu un contact avec la victime, même si ce n'était qu'un appel et deux sms. Cela ne fait pas de vous une suspecte, bien évidemment, mais il se peut que vous ayez, sans que vous le sachiez vous-même, un élément à nous rapporter qui serait d'un grand intérêt.

Elle semble rassurée par ma réponse. Cinq minutes de parlote sans saveur, et l'imprimante crache le PV d'audition qu'elle signe sans rechigner.

Alors que nous repartons, j'observe les voitures garées dans la rue. Une seule, une Skoda Fabia noire, a sur la lunette arrière l'autocollant qui indique que le conducteur ou la conductrice est en apprentissage.

*

À Kerouel, Alexandre Harrys vit dans une maison des années quatre-vingt, dont le ravalement est en cours, comme en témoigne un échafaudage sur lequel un peintre a attaqué le pignon, alors que la façade est déjà d'un blanc immaculé. Exclusivement en pelouse, le jardin n'est pas grand, moins de deux cents mètres carrés, ce qui est un avantage pour celui qui pour son travail s'absente durant quatre semaines avant de revenir pour une période de congés d'une durée identique. Attablés sur une terrasse en bois, deux hommes et une femme se protègent du soleil sous un store banne. Assiettes et couverts soulignent qu'ils ont déjeuné ensemble, et font durer ce moment amical en devisant de choses et d'autres. Continuant leur conversation, ils nous regardent sortir de voiture et marcher vers eux, comme s'il était courant que des inconnus s'incrustent.

— Bonjour. Nous souhaiterions parler à monsieur Harrys.

— C'est moi, renseigne un solide gaillard aux cheveux blonds et au teint mat. Au lobe de l'oreille droite, un petit diamant renvoie les reflets du soleil, car il est le seul à ne pas s'en protéger.

— Avez-vous quelques minutes à nous accorder ?

— Ben… C'est à quel sujet ?

— Police. Rien de grave, nous avons juste quelques questions à vous poser.

— La Police ! C'est pour quoi ? émet-il en bafouillant d'étonnement.

— Rien de dramatique. Si vous êtes d'accord, nous pouvons nous isoler. Vos amis peuvent rester, nous ne vous importunerons pas longtemps.

— Nous allons te laisser, Alex, dit la femme alors que le propriétaire des lieux paraît chercher dans sa mémoire ce que nous pourrions lui reprocher.

— Vous pouvez rester, Messieurs-Dames, ce sera rapide.

— Oui, restez, approuve Harrys en se levant de sa chaise. On n'a même pas bu un café. Venez, Messieurs, allons à l'intérieur.

Nous le suivons dans la pièce à vivre, qui combine cuisine, salle à manger et salon sur un bel espace. Pas de fioriture ornementale pour l'homme qui travaille sur une plate-forme pétrolière, juste une photo de ses enfants sur un meuble, et aux murs, des photos encadrées d'une mer déchaînée ou au contraire de plages paradisiaques baignées d'une eau d'un bleu incroyable. Au fond de la pièce, près de la cheminée, un escalier élégant emporte vers les chambres.

Pendant que Justin prépare le matériel informatique, j'explique :

— Nous enquêtons sur la mort de Corentin Brassens. Vous le connaissiez ?

— Non, ce nom ne me dit rien. Qui est-ce ?

Qu'il n'ait jamais croisé Brassens est possible, mais qu'il ignore qu'il est devenu le mari d'une femme qu'il a aimée pendant un an et demi est difficilement crédible. On peut admettre qu'un individu ne se soucie pas d'une ex-compagne, a fortiori si cela remonte à une vingtaine d'années et s'il ne la voit jamais, comme ce pourrait être le cas suite à un déménagement par exemple, mais Trégunc et Névez ne sont pas des métropoles.

— Il était plombier-électricien, et il était installé à Névez. On a découvert son corps hier dans le parc du château de Kériolet.

— Pauvre homme. Et quel rapport cela a-t-il avec moi ?

— Un lointain rapport, vous allez le constater. Il était l'époux de votre ancienne compagne, Krystell Pigeon.

— D'accord, et... Ce n'est pas une raison. Ou alors vous croyez que... Eh, doucement, je n'ai rien à voir avec cette histoire, s'emporte-t-il. Qu'est-ce que vous voulez me mettre sur le dos ?

— Vous n'êtes absolument pas suspect, monsieur Harrys. Notre enquête stagne, alors nous examinons toutes les possibilités. Il se trouve que votre ex-femme, Véréna Lanvot, est l'une des dernières personnes à avoir eu un contact téléphonique avec lui. Comme pour retourner à Concarneau nous passions à côté, nous avons décidé de vous rencontrer.

— C'est uniquement sur cela que se base votre visite ? jette-t-il suspicieux.

— Oui. Nous avons d'abord questionné les proches de la victime, puis les personnes qui ont eu un contact avec lui peu avant sa mort, et comme au fur et à mesure nous ne trouvons toujours rien de probant, nous agrandissons progressivement le cercle de ses connaissances.

— Là, ce n'est plus agrandir le cercle, c'est remonter le temps. Krystell et moi, on s'est fréquentés il y a plus de vingt ans. Bref, je ne vois toujours pas en quoi je suis concerné.

— Très probablement parce que vous ne l'êtes pas. Depuis le divorce, quelles sont vos relations avec madame Lanvot ?

— En raison de mon travail, elles sont espacées. Nous échangeons seulement au sujet des enfants si c'est nécessaire. En dehors de cela, pas un coup de fil ni un courrier.

— Savez-vous si elle connaissait Corentin Brassens.

— Non. Mieux vaut le lui demander, elle saura vous répondre.

— C'est indubitablement ce qu'il y avait de mieux à faire, et ce que nous avons fait, mais à défaut de résultat, nous élargissons le champ des possibilités. Où étiez-vous hier, entre 11 et 13 heures ?

— Hier, je me suis fait plaisir. J'ai enfourché mon vélo, et j'ai fait une mégabalade.

— Le peintre était là ?

— Non, il a repris le chantier aujourd'hui.

— Donc il n'a pas pu vous voir partir et revenir. Il y avait quelqu'un avec vous ?

— Non. Ça m'a pris comme ça, vers 10 heures. J'ai gonflé les pneus, rempli la gourde, et j'ai roulé. J'ai fait plus de cinquante bornes. J'étais de retour vers 16 heures, parce que je me suis arrêté par moments pour m'en mettre plein les yeux.

— Quel était votre parcours ?

— Trévignon, pour commencer, par la vieille route, c'est moins dangereux même si c'est plus étroit. Après, j'ai suivi la côte autant que possible et j'ai roulé jusqu'à Clohars-Carnoët.

À l'issue de ce dialogue sans concession, son constat est le même que celui de Justin et moi, à savoir que nul ne peut témoigner qu'il était réellement sur son vélo. Son regard, comme son être tout entier, ou encore le tremblement qui agite ses mains, pourraient exprimer toutes sortes d'émotions. La crainte d'être démasqué, un sentiment d'incompréhension ou d'injustice face à cette situation à laquelle il est totalement étranger, ou d'autres plus ou moins subtiles. Parce que même un silence pourrait être interprété, il est le premier à s'exprimer. Il le fait sur le ton de la colère.

— Non mais ça suffit, oh ! Si je vous dis que je faisais du vélo, c'est que c'est vrai. Dans quoi vous voulez m'embarquer ? Je n'y peux rien, moi, si Brassens s'est fait buter !

— Calmez-vous, aucune accusation n'est portée contre vous !

Le visage fermé, expirant bruyamment pour extérioriser la hargne enfouie au fond de lui, évitant de me regarder.

Comme il semble que pour l'instant il n'y a plus rien à ajouter, Justin entreprend de relire l'intégralité du texte pour corriger fautes de frappe, d'orthographe, ou de conjugaison, avant de le soumettre à la signature d'Alexandre Harrys.

— Nous savons par Véréna que vous voyez vos enfants une semaine sur deux. C'est un bon deal, non ?

— Ce n'est que justice, cette garde alternée. Pendant quatre semaines, pour motif professionnel je suis privé de mes gosses, alors c'est une priorité pour moi de les accueillir. J'aurais pu demander à les avoir pour l'intégralité de mes congés, ce qui aurait fait un mois ici et un mois chez leur mère, mais elle aurait renâclé.

— Pas simple de trancher, c'est vrai. Dites, ce ne doit pas toujours être facile, avec ces grands adolescents.

— Il faut parfois remettre les pendules à l'heure, mais dans l'ensemble ça va. C'était plus compliqué au début de la séparation, et pendant la procédure de divorce, mais maintenant les coups de gueule sont plus espacés.

— Normal, ils grandissent.

— Oui, mais ce n'est pas pour autant qu'ils ont du plomb dans la tête. Tiens, pas plus tard que la semaine dernière, ça a bardé entre Cynthia et moi.

— Bardé de chez bardé, ou juste une mise au point ?

— Bardé de chez bardé ! Depuis des mois, je n'avais pas eu à élever la voix, mais là ça a chauffé. À chaque retour, j'envoie les enfants au restaurant, histoire de marquer le coup. Ils étaient prévenus que j'avais réservé une table pour le vendredi soir, tout était calé, et voilà qu'elle rentre de la plage en m'annonçant qu'elle allait vite se doucher, parce qu'une copine venait la chercher. Elles étaient invitées à une soirée barbecue chez des copains. Elle avait zappé le restaurant, alors que depuis toujours c'est un rituel quand je reviens du boulot. Progressivement, le ton est monté, mais il n'y avait rien à faire, elle avait rencard avec ses amis, la soirée au restau pouvait être remise au lendemain. Sauf que le lendemain, justement, j'étais invité chez des copains. Bref, c'est monté dans les tours, et comme Cynthia a un caractère de cochon, elle est partie avant même que sa copine ne soit là.

— Elle n'allait peut-être pas loin.

— La soirée barbecue était à Névez. Elle est montée se doucher et se préparer, et après elle a attendu que j'entre dans la maison chercher je ne sais plus quoi pour détaler. Elle avait téléphoné à une copine pour qu'elle vienne la chercher, mais qu'elle l'attende un peu plus loin.

Prenant un stylo pour signer le feuillet que lui tend Justin, il jette sur un ton qui laisse poindre que finalement cela l'amuse un petit peu.

— Elle a dû se dire qu'il valait mieux ne pas rentrer. Sur le coup, elle est revenue seulement le samedi en début d'après-midi. Elle faisait moins sa fière, mais comme ni elle ni moi ne sommes rancuniers, l'incident est tombé aux oubliettes.

— Ce n'est pas toujours facile d'être parent, soliloque mon équipier en refermant l'ordinateur portable.

— À qui le dites-vous ! Mais bon, ça met un peu de piment dans la vie, et après on oublie.

Un mot pour prendre congé, et nous le laissons rejoindre ses amis, qui, entre-temps, ont débuté une partie de pétanque sur l'herbe.

*

Dans nos bureaux au troisième étage du commissariat de Quimper, pendant que Simon concentre son attention à l'étude des fadettes pour les trois derniers mois, Justin se penche sur les relevés des comptes bancaires, autant professionnels que personnels. Pour ma part, après consultation de l'agenda de Brassens depuis le début de l'année, dans lequel je ne décèle rien qui vaille le coup de m'y attarder, comme un numéro de téléphone griffonné à la hâte, un nom ou encore un prénom, je branche l'ordinateur de l'électricien-chauffagiste. Il n'y a pas de code d'accès, ce qui me simplifie la tâche, l'appareil étant réservé à un usage professionnel, il est probable que son épouse ne l'utilisait jamais. Encore faudrait-il s'en assurer.

Dans la rubrique "Documents", la majorité des fichiers sont des devis ou des factures numérotées dans l'ordre. D'autres factures correspondent à celles qu'il a réglées lors d'achats de chaudières, de pièces mécaniques ou électroniques, de brûleurs, de câbles électriques…

Dans le fichier "Clients", je trouve comme il se doit les coordonnées complètes des Glémarec, de Véréna Lanvot, et de tout un tas de noms de particuliers ou d'entreprises de la région proche. Tout au plus, Corentin Brassens s'aventurait-il jusqu'à Lorient et Quimper. Pour être sûr de ne rien rater, je me fends de le lire intégralement, sans rien noter d'inhabituel.

Le fichier “Fournisseurs” quant à lui, contient les adresses des sociétés avec le nom du responsable ou celui du contact commercial. Parfois, il a pris soin de taper le nom exact d’une pièce et sa référence, ceci sans doute pour gagner du temps lors d’une commande.

Un peu après 18 heures, Simon me souhaite une bonne soirée et s’envoie promener sous d’autres cieux. Le sourire radieux, ravi d’être en vacances, Justin le suit de peu. Quelques plaisanteries, la promesse qu’il ne tiendra pas de nous adresser une carte postale, et il met les bouts.

Je vais moi aussi me préparer à rentrer quand il me vient l’idée de consulter l’historique de l’appareil. C’est ainsi que je constate que le dernier dossier ouvert par la victime était celui consacré aux clients, et avant encore celui d’une facture à un homme de Trégunc, à Douric, Cité de Rozengall. Juste avant, il a maté un film à caractère pornographique, au titre sans équivoque. Pas timide, le Corentin, et inconscient de ne pas protéger son ordinateur de la curiosité de ses enfants… ni de celle de sa femme qui, à moins d’avoir l’esprit libertin, n’aurait peut-être pas goûté cette projection privée.

V

— Ça boume, Simon ?

Cette interrogation est l'une des plus classiques, lorsque nous nous retrouvons le matin.

— Salut, Max. Il n'y a plus que nous deux, alors.

— Oui, mais contrairement à ce qu'on dit lorsqu'il y a un décès, ici ce sont les meilleurs qui restent. T'inquiète, notre tour viendra. Tu as profité de ta soirée ?

— Tranquille. Un apéro, on a mangé sur la terrasse, et après au lit. J'étais crevé. Et toi ?

— Moi aussi au lit de bonne heure, pour récupérer de la courte nuit de la veille. Mais avant ça, comme Murielle avait préparé un pique-nique, quand je suis arrivé à Concarneau elle a sauté dans la voiture avec glacière et sac de plage, et on a roulé à Kérouini.

— Vous allez à la plage des nudistes ! s'exclame-t-il interloqué, soulignant ainsi que primo il connaît la particularité de cette plage située à Trégunc, et secundo qu'il n'avait jamais envisagé la notion que Murielle et moi pourrions exhiber l'intégralité de notre plastique.

— Ce n'est pas par pudeur, mais non, on est allé côté maillot de bain. Et puis, tu as vu mon physique, ça créerait une émeute si je me désapais entièrement sur une plage.

— Tu es con, Max, se marre-t-il, avant de reprendre son sérieux. Quoi de neuf, depuis hier soir ?

— En décortiquant l'ordi de Brassens, dans la mesure de mes faibles connaissances dans le domaine, je me suis aperçu qu'il zyeutait des films pornos en douce de sa chère et tendre. Note que ça ne les empêchait peut-être pas de le faire ensemble, dans l'intimité, mais j'ai trouvé ça moyen.

— Un obsédé, tu crois ?

— Ou un gars que sa femme n'inspire plus, va savoir. On verra avec Krystell si elle allait sur l'ordi de son bonhomme.

— En parlant de lui, c'est aujourd'hui que le corps est rendu à la famille. Tu sais ce qu'ils ont prévu ?

— Hier, j'ai entendu Olivier Pigeon dire à son frère que le corps serait visible pour les proches dans une chambre mortuaire de Névez.

— Pour les gosses, ce sera moins pénible que de voir le cercueil à la maison. Bon, qu'est-ce qu'on fait aujourd'hui ?

— On met le paquet. Si on veut être peinard pour le week-end, il nous reste deux jours pour coffrer le meurtrier. Tu ne m'as pas dit ce qu'a donné l'audition des Glémarec, hier après-midi ?

— Rien de terrible. Dans sa branche, c'était sûrement un bon, Brassens, parce que même si le chantier n'est pas terminé, tout est nickel. Problème, je n'ai rien décelé qui pourrait expliquer son départ. Tout le matériel et l'outillage semblaient sur place. Alors, qu'est-ce qu'on maquille, ce matin ?

La secourable sonnerie du téléphone posé sur mon bureau m'évite de répondre que je ne sais pas par quel bout attaquer, tant nous n'avons rien à quoi nous raccrocher.

— Allô ! Capitaine Moreau ?

— Oui. À qui ai-je l'honneur ?

— Georges Glémarec. Vous vous souvenez de moi ?

— Oui, bien sûr. Je parlais justement de vous, ou pour être précis du chantier en cours. Comment allez-vous ?

— Ça va bien, ma femme aussi. Il va falloir que je trouve un autre artisan, mais bon, on verra cela dans quelques jours. Je vous l'ai dit, je suis un ancien de la gendarmerie. Hier soir, j'ai rencontré des voisins et je n'ai pu m'empêcher de leur demander s'ils avaient vu Corentin Brassens partir de chez moi, avant-hier matin.

Chassez le naturel, il revient au galop. Certains s'offusqueraient qu'un retraité de la gendarmerie s'immisce dans notre enquête, perso je n'y vois aucun inconvénient. Au contraire, peut-être, car qu'il se manifeste est certainement synonyme qu'il a glané une information déterminante, du moins intéressante. Du coup, je mets la fonction haut-parleur du téléphone afin que Simon ne rate rien.

— Vous avez obtenu un résultat positif ?

— Je n'en sais rien, mais je crois que oui. Figurez-vous qu'une voisine a vu une voiture qui stationnait à quelques dizaines de mètres de ma maison, avant-hier matin. Jusque-là, rien d'incroyable, mais quand Brassens est sorti de la maison pour sans doute aller chercher un outil dans son fourgon, elle a entendu la conductrice lancer le moteur, et elle a allumé les feux de détresse. C'est surtout cela qui a attiré son attention, sinon elle ne s'en serait pas souciée.

Qu'est-ce que c'est que cette histoire ? À quelle manœuvre incompréhensible au premier degré cette femme se livrait-elle ?

— Et ensuite ?

— Brassens a marché vers la voiture, mais celle-ci a avancé de quelques mètres pour qu'il ne la rejoigne pas. Il s'est arrêté, s'est gratté la tête, et s'est remis à marcher. La voiture a encore avancé. C'était comme un jeu, pour qu'il ne la rattrape pas. La femme a alors passé un bras par la vitre ouverte de la portière, et en redémarrant lentement, elle lui a fait signe de le suivre. Il est allé vers la maison qu'il a fermée à clé, et il est monté dans son fourgon. Pour alors, la voiture l'attendait à une cinquantaine de mètres. Qu'en pensez-vous, Capitaine ?

— C'est un comportement assez inhabituel. La dame vous a renseigné sur la voiture ?

— En partie. Elle ne connaît pas le modèle ni la marque seulement qu'elle était noire.

Un peu vague, certes, mais nous ne pouvons faire les difficiles.

— Merci pour votre implication, monsieur Glémarec. Nous allons dès à présent nous déplacer pour enregistrer le témoignage de cette femme, et procéder à une enquête de voisinage. Vous restez chez vous durant l'heure qui vient ?

— Oui, je ne bouge pas.

— Formidable. Soit moi soit un de mes collègues viendra vous voir afin de savoir qui est votre voisine témoin de ce drôle de manège. À bientôt !

Posant le combiné sur sa base, je me tourne vers Simon :

— Ça te dit de faire un saut à Trégunc pendant que je continue de jeter un œil avisé sur les paperasses et l'ordi de Brassens ?

— Avec plaisir. Il y a des scellés dans mon bureau, que j'ai rapportés hier de Brest, après l'autopsie. Si tu y jettes un œil, tu verras les vêtements de Brassens. Ça pourrait être intéressant de définir à quelle distance se tenait le tueur, en faisant analyser le tee-shirt, plus d'éventuelles traces d'un autre sang ou des traces d'ADN s'il y a eu bagarre avec le tueur.

— Bien sûr. Par contre, on ne livre pas nous-même, nous ne sommes pas suffisamment nombreux pour qu'un de nous se tape le voyage jusqu'à Nantes. Tu refiles tous ces fringues à l'IGNA*. Gère pour que ce soit un transporteur qui se charge de les envoyer. Allez, roule !

Resté seul, sur mon ordi je consulte Agrippa**. Depuis 2007, ce fichier informatisé recense les propriétaires et possesseurs d'armes, et les caractéristiques de celles-ci. À tour de rôle, j'entre les coordonnées des protagonistes de cette affaire, dans leur ordre d'apparition. J'apprends ainsi que, Olivier Pigeon détient un fusil de chasse ainsi qu'il l'a affirmé. Plus croustillant, Alexandre Harrys a déclaré dès novembre 2007 un Mac 50, une arme de poing qui a pour munition du 9 mm Parabellum. 9 mm, comme les deux projectiles qui ont atteint Brassens. En découvrant cela, l'idée de poursuivre mes investigations sur l'ordinateur de Corentin Brassens s'échappe. Il a peut-être d'autres informations à délivrer,

---

*Institut de Génétique Nantes Atlantique.

**Application de gestion du répertoire informatisé des propriétaires et possesseurs d'armes.

mais ce que je viens de découvrir est plus pressé. Un coup de fil à Colinet s'impose.

— Bonjour Monsieur le procureur. Ici le capitaine Moreau, de la PJ de Quimper.

— Bonjour Capitaine. Que vous arrive-t-il ?

— Un élément à porter à votre connaissance, à savoir que nous aimerions entendre un suspect propriétaire d'une arme du même calibre que celle qui a tué Corentin Brassens. Une perquisition en règle de son logement serait aussi indispensable, pour mettre la main sur des vêtements qui pourraient être tachés de sang.

— J'imagine que vous disposez d'éléments conséquents pour envisager cette opération. Qui est cet homme ?

— Un ancien petit copain de la femme de Brassens, et ex-mari d'une femme qui a échangé des sms avec Brassens peu avant sa mort.

— La teneur de ces sms ?

— OK avec un point d'exclamation pour lui, et OK avec un point d'interrogation pour elle.

— Troublant, émet-il pour lui-même avant d'ajouter, mais ça ne veut rien dire.

— Pour le profane, oui, mais visiblement eux deux savaient ce que cela signifiait. Lui tout au moins, car elle a répondu par un point d'interrogation. Ce ne devait pas être si clair que cela pour elle, finalement.

— Jusque-là je vous suis, mais pourquoi vous intéresser à cet homme si c'est son ex-épouse qui a échangé des sms avec la victime ?

— Parce qu'ils ont gardé de bonnes relations, qu'il n'a pas d'alibi au moment du meurtre, et qu'il a déclaré une arme dont les cartouches correspondent à celles utilisées contre Brassens.

— Je trouve tout cela un peu léger, mais si c'est votre intime conviction, allez-y pour la perquisition, Capitaine. Nous verrons à l'issue de celle-ci s'il sera utile de le placer en garde à vue.

— Entendu. Merci, Monsieur le procureur. À plus tard.

Appel à Simon, maintenant.

— Allô, Simon. Où es-tu ?

— Si j'avais un esprit simple, je répondrais dans la voiture, mais avant que tu ne m'engueules, je réponds au rond-point de l'Eau Blanche. Pourquoi ?

— Fais demi-tour. Tu m'embarques, et on va taper Harrys. Magne-toi, je te raconterai dans la voiture.

Moins d'une demi-heure plus tard, nous sommes à Kerouel, où nous nous garons derrière une Toyota noire. Est-ce celle du père de Cynthia et Benjamin ? Il va de soi que nous ne manquerons pas de nous en inquiéter. Attablé à la même place qu'hier, lunettes de soleil sur le nez, Alexandre Harrys lit le journal du jour en prenant son petit-déjeuner. Il nous regarde nous extraire de la voiture, et comme le ferait un individu absolument pas concerné par notre intervention, reporte ses yeux sur la double-page ouverte devant lui. Ce n'est que lorsque nous sommes à deux mètres de lui qu'il lève la tête. En guise d'accueil, il esquisse un sourire courtois, se gardant de proférer une parole.

— Bonjour, monsieur Harrys.

— Bonjour.

En préambule, un test pour savoir s'il est franc du collier ou s'il veut nous la faire à l'envers.

— Possédez-vous une arme ?

— Oui, acquiesce-t-il en rembrunissant une face jusqu'ici bienveillante.

— On peut la voir ?

— C'est quoi, ces histoires ? s'offusque-t-il, le visage désormais fermé, ses yeux grands ouverts lançant des éclairs. Vous croyez toujours que c'est moi qui ai descendu Brassens ? Mais ça ne va pas, non !

— Restez calme ! Comme je vous l'ai dit hier, nous examinons toutes les hypothèses. Vous nous la montrez ?

Se levant d'un bon, sous le coup d'une colère feinte ou réelle, il grommelle :

— Je vais la chercher.

— Nous vous accompagnons.

Mon ton froid lui fait comprendre que ce n'est pas négociable. Il nous conduit directement à l'étage, à sa chambre. Ouvrant la porte de l'armoire qui fait face au lit, il tend la main pour, derrière une pile de draps soigneusement pliés, attraper ce qui pourrait être l'objet du délit.

— Retirez lentement votre main, je vais le prendre.

Obéissant, ou n'ayant pas le choix, c'est selon, il suspend son geste, ramène sa main vide, fait un pas en arrière. À l'aveugle, dans un linge soigneusement replié, je tâte les contours du pistolet, que je ramène.

— Ou sont les balles ?

— Dans une boîte, juste à côté.

Toujours à l'aveugle, je glisse une main qui se referme sur une boîte cartonnée, que je pose sur le lit.

— Quand a-t-il servi pour la dernière fois ? demandé-je en revenant vers l'arme.

— Je ne m'en souviens pas, au moins deux ou trois ans.

— Donc, théoriquement, il ne doit pas sentir la poudre ?

— Ben, non.

Dépliant ce qui s'avère être une taie d'oreiller, je mets au jour le MAC 50 déclaré sur Agrippa. Le chargeur est en place, et en fonction du poids, je ne serais pas surpris qu'il soit plein. Après l'avoir retiré, je fais jouer la culasse. Dans la chambre, une balle est engagée. Portant le pistolet à mon nez, une odeur de poudre est sans équivoque.

— Sentez, monsieur Harrys.

Il avance la tête, hume, fronce le nez.

— Vous êtes d'accord avec moi, il a servi récemment.

— Il sent, oui, mais je n'ai pas tiré depuis deux ou trois ans.

— Monsieur Alexandre Harrys, il est 9 heures 15, vous êtes placé en garde à vue, au motif de meurtre sur la personne de Corentin Brassens.

Tout en le menottant dans le dos pendant que Simon glisse le pistolet dans un scellé et note sur celui-ci les informations légales, je lui récite ses droits, qui comprennent un appel téléphonique à un proche, la désignation d'un avocat de son choix ou commis d'office, et une possible consultation par un médecin.

Abattu, il se laisse faire sans ouvrir la bouche, ses yeux trahissant son désarroi. Tout juste s'il a la force d'objecter :

— Mais… mais je vous dis que je n'ai pas tué ce gars. Je n'y suis pour rien… Je…

— En temps voulu, vous pourrez vous expliquer. Pour l'heure, nous allons procéder à la perquisition de votre domicile.

— Vous n'avez pas le droit ! Il faut deux témoins !

— Vos notions de droit sont partielles. Lors d'une enquête de flagrance, et en votre présence, inutile de confirmer nos fouilles par deux témoins. Mais pour vous défendre ainsi, vous ne devez pas avoir la conscience tranquille.

— Je n'ai rien à me reprocher. Je vous l'ai dit, pour l'arme, et d'ailleurs elle est déclarée, mais il n'y a rien d'illicite ici.

Il faut convenir que lors de ma question au sujet du MAC 50, à aucun moment il n'a tenté d'en cacher l'existence. Néanmoins, il en faut plus, beaucoup plus, pour nous satisfaire.

— Quels vêtements portiez-vous avant-hier ?

— Je ne sais pas, moi, fait-il en homme désabusé par la simplicité de cette question, à moins que ce ne soit parce qu'il voue une attention toute relative à sa façon de s'habiller. Ah si, j'étais en short quand je suis allé faire ma balade à vélo.

— Où mettez-vous le linge sale ?

— Dans la machine à laver. C'est quoi cette question ?

— Une parmi tant d'autres, et croyez-moi, on n'en a pas terminé. Ce lave-linge, où est-il ?

— Dans la buanderie, gronde-t-il pour illustrer sa mauvaise humeur, derrière la cuisine.

— Allons-y.

Il va pour renâcler, mais la poigne du solide Simon le mène hors de la chambre. Plus de trente ans de Police au compteur, sa technique est imparable. Beaucoup en ont fait les frais, et des bien plus costauds ou virulents que celui-ci.

Il n'y a pas beaucoup de vêtements dans le tambour. Je n'ai pas pris de gants, alors c'est de deux doigts en pince que je les sors un par un, privilégiant les grandes tailles et évitant le linge de corps. Les inspectant scrupuleusement, je ne vois rien qui puisse être apparenté à une trace de sang.

— À quand remonte votre dernière lessive ?

— Avant-hier.

Deux jours, ce qui correspond aux boxers. Rien n'interdisant de penser qu'il a fait fonctionner sa machine après avoir descendu Brassens, il est impératif d'examiner l'intégralité de sa garde-robe. Mais d'abord sa poubelle, ou le garage, dans lequel comme tout un chacun il doit stocker les choses à débarrasser à la déchetterie…

L'exercice nous a occupés jusqu'à midi, entrecoupé d'échanges verbaux avec le gardé à vue. Interrogé sur le modèle et la couleur de sa voiture, il a répondu posséder une Toyota Corolla noire, soit celle qui est stationnée devant la nôtre, et qui est de la même couleur que celle qu'une voisine des Glémarec a vu dans leur rue. Un élément qui conforte notre suspicion, malgré notre impossibilité à mettre la main sur un linge aux taches douteuses.

Remettant à plus tard l'enquête de voisinage rue de Penfret, car nous ne sommes que deux, nous invitons Alexandre à prendre un nécessaire de toilette, un masque, et quelques vêtements, et prenons la route pour rallier Quimper. Simon conduit, Harrys et moi montons à l'arrière. Le trajet se déroule sans piper mot, une stratégie qui a fait ses preuves pour laisser mijoter nos clients. Quand ce sont des durs à cuire, habitués de nos locaux, de ceux de la gendarmerie, ou des cellules des maisons d'arrêt de la région Bretagne, il en faut plus, beaucoup plus, pour les faire plier et les pousser à avouer leur méfait, mais comme une consultation du FAJ l'a mis en lumière, Harrys est inconnu de nos services. Nous le laissons baigner dans son bain, ne répondant même pas à ses rares interrogations, insensibles à ses états d'âme.

Au commissariat de Quimper, l'homme, qui a refusé la visite d'un médecin, est conduit en cellule en attendant la venue de son avocat. Pour assurer sa défense, il a choisi ce que l'on peut qualifier un ténor du barreau à l'échelle de Quimper, dont en plusieurs occasions il a lu la réussite dans la presse. En effet, maître Solutom remporte la grande majorité des procès qui lui sont confiés, ou parvient très souvent à minimaliser la peine encourue par ses clients. Contacté, l'homme de loi ne sera disponible qu'à partir de 14 heures.

Pendant que Simon va acheter des sandwichs, j'avertis le procureur de la découverte de l'arme, ajoutant qu'elle a servi il y a peu, et de la nécessité de la confier, ainsi que les balles extraites du corps de Brassens, au service de balistique. Le parquetier accepte, ravi de voir cette affaire en passe d'être conclue.

La cinquantaine avantageuse, maître Solutom est un grand et solide gaillard, aux cheveux bruns épais, que pas un fil blanc ne vient perturber. Convaincu de son aura, il se fend d'un bonjour insipide et dédaigneux avant d'exiger un entretien en privé avec son nouveau client. Puisque telle est la loi, nous leur cédons le bureau de Justin.

Nous vérifions le bon fonctionnement de la “vidéogav”, qui comme pour toute enquête criminelle permet de filmer l'interrogatoire. Une poignée de minutes, histoire pour Solutom de savoir ce que l'on reproche à Alexandre Harrys et d'écouter sa version des faits, et déjà la porte s'ouvre.

Mon bureau étant un peu plus grand, ce qui ne veut pas dire vaste, je m'enferme avec les deux hommes pendant que, dans le sien, Simon se prend de passion pour ce qui était le quotidien du suspect. Les doigts courant sur le clavier, j'entre l'identité du Trégunois. Cette formalité achevée, le moment est venu de coucher sur le papier le fruit de nos constatations et les réponses du mis en cause.

— Nous avons découvert à votre domicile une arme qui, selon vous, n'a pas tiré depuis des années. Or, elle sent la poudre. Avez-vous une explication ?

— Non, réfute-t-il de l'autre côté du plexiglas qui nous sépare. Je vous jure qu'elle n'est pas sortie de la taie d'oreiller depuis deux ou trois ans.

— Nous n'allons pas tourner en rond, le procureur a donné son accord pour une analyse balistique. S'il est démontré que les balles retirées du buste de Corentin Brassens proviennent de votre MAC 50, il n'y aura plus de suspense.

— Mais puisque je vous dis que…

— Votre parole n'aura aucun poids contre les preuves des techniciens.

— Vous allez vite en besogne, m'interrompt Solutom. Attendez les résultats des experts avant de diriger mon client vers la prison.

— Nous allons patienter le temps qu'il faudra, bien entendu. Je veux juste le mettre en garde : quand viendra le moment du jugement, des aveux joueront en sa faveur. S'il est coupable, il serait vain de nier, sinon qu'à s'attirer les foudres des juges. Au moment du verdict, ils se souviendront de son entêtement.

Délaissant le regard de l'avocat qui me toise, pour me remettre dans le sens de la marche je lis les derniers mots que j'ai tapés avant de m'adresser à Harrys. Quand mes idées sont claires, je poursuis :

— Oublions un instant ma mise en garde, même si elle est toujours d'actualité. Confirmez-vous ne pas avoir d'explication quant à l'odeur de poudre ?

— Oui, bien sûr. Ce pistolet n'a pas changé de place depuis au moins deux ans.

— Il a pourtant servi.

— Je ne l'ai pas pris ! lâche-t-il sur un ton enflammé.

— Ah, voilà où je voulais en venir. Vous ne l'avez pas pris… D'accord, mais alors, si ce n'est pas vous, qui s'en est servi ?

— Ben, personne. Ce n'est pas possible.

Croisant les bras, et le regardant par en dessous en penchant la tête vers la gauche, je me veux moqueur.

— Ce serait donc un individu malintentionné qui serait entré chez vous, qui aurait pris le MAC, serait allé descendre Brassens à Concarneau, puis aurait remis l'arme à sa place, dans l'armoire, sans que vous vous en aperceviez.

Vexé, ayant parfaitement saisi l'aspect saugrenu de ma suggestion, il se garde de répondre.

— Monsieur Harrys, hormis vous, qui a les clefs de votre maison ?

— Mes enfants.

— Qui d'autre ?

— Personne.

— Soit ! Pensez-vous possible que Cynthia ou Benjamin puisse venir à votre insu pour agir comme je viens de le dire ?

Nouveau silence, avant que d'une voix couverte par un épais voile de gêne, il conteste.

— Non, c'est impossible.

— Enfin un point commun, c'est aussi ce que je pense. D'ailleurs, cette arme, depuis combien de temps vous appartient-elle ?

— Mon père l'a rapportée à la fin de la guerre d'Algérie. À son décès, il y a neuf ans, je l'ai gardée en souvenir, et je l'ai fait enregistrer à la gendarmerie de Pont-Aven, parce que mon père ne l'avait jamais fait.

Neuf ans, c'est conforme à la date inscrite sur le fichier Agrippa.

— Reprenons là où nous en étions : si ce n'est pas l'un de vos enfants, qui d'autre aurait pu s'introduire chez vous ?

Un haussement désabusé des épaules définit que lui-même ne croit pas à cette éventualité.

— Ça se passe de commentaire, je crois. Retour à vos enfants : savent-ils que cette arme était chez vous, et savent-ils à quel endroit elle était cachée ?

— Non, je ne le leur ai jamais dit.

— Dommage, sinon nous serions allés les interpeller.

— Ne faites pas ça ! clame-t-il avec véhémence. Ils n'y sont pour rien !

— C'est aussi ce que je pense. Mais alors, s'ils n'y sont pour rien, qui reste-t-il ?

*

Alexandre Harrys n'a pas avoué le crime. C'est un homme anéanti qui s'est entretenu avec son avocat, avant d'être reconduit en cellule par mes soins. De retour au troisième étage, je me rends au bureau de Simon.

— Tu es sur quoi ?

— L'ordi de Brassens. Il y a une palanquée de films X. Et pas seulement des récents, il y en a qui remontent à plus de quinze ou vingt ans.

— Peut-être qu'il les a gardés pour la qualité du scénario, un peu comme tous les ans on revoit avec plaisir *La grande vadrouille* ou *Les tontons flingueurs*.

— Ce sont des monuments, ces grands classiques dont on connaît les répliques cultes par cœur, tandis que là, pour ce qui est du scénario, ils ne se sont pas foulés. Pour les dialogues non plus.

Goguenard, il émet une série de soupirs entrecoupés de « ah, oh ! » et autres « oui encore ». Reprenant son sérieux après un sonore éclat de rire, il s'enquiert :

— Il a causé ?

— Non, il n'a pas lâché le morceau, ceci sans mauvais jeu de mots ou allusion à ce que tu as visionné. Je serais d'avis de le laisser mijoter au trou pendant que nous retournons à Trégunc pour auditionner les habitants de la même rue que les Glémarec.

*

Rue de Penfret, qui a la particularité d'être une impasse, le gendarme en retraite bat la semelle devant chez lui. Respectant à la lettre mes paroles, à savoir qu'un policier allait passer dans l'heure, il s'est abstenu de s'éloigner de son domicile même si le délai est loin d'être respecté.

— Eh bien, capitaine Moreau, la PJ se déplace en force.

— Monsieur Glémarec, je vous présente le major Jaouen. À nous deux, nous composons l'intégralité du service, donc, voyez, les forces sont limitées.

— Non ! clame-t-il, ébahi. Vous n'êtes que deux !

— C'est maigre, je sais, mais un collègue est en vacances depuis hier soir, et une autre est en congé maternité. On fait de notre mieux, ce qui explique que jusqu'ici nous n'avons pas pu consacrer de temps à l'enquête de proximité. Mais bon, ça y est, nous sommes là. Pourriez-vous nous indiquer où loge votre voisine ? Nous souhaiterions débuter l'enquête de voisinage par elle.

— Bien sûr. Elle habite la grande maison, là, un peu plus loin. La Chevrolet stationnée dans l'entrée du garage est la sienne et celle de son mari. C'est Le Gall, leur nom de famille.

— On s'y colle, dis-je à l'intention de Simon. Chacun un côté de la rue. Ce serait bien le diable que seule une personne ait remarqué le drôle de manège de l'automobiliste.

Laissant Simon au bavard Georges Glémarec, je vais chercher l'ordinateur portable et la mini-imprimante dans la voiture avant de me diriger vers une belle néo-bretonne, à la porte d'entrée et aux fenêtres soulignées de pierres de taille. Rien n'indiquant qu'il y ait un chien, comme un autocollant, un panonceau ou le portail fermé, je me risque jusqu'à la porte. Dès la première sonnerie, une femme s'affiche dans l'encadrement. La soixantaine allégrement franchie, elle a enfilé une robe à fleurs de laquelle émergent des bras et des jambes décharnés.

— Bonjour…

— Bonjour Madame. Police. Monsieur Glémarec m'a relaté les étranges déplacements d'une voiture, l'autre matin, dans la rue. Vous pouvez m'en raconter un peu plus ?

— Mais certainement. Voulez-vous entrer ?

La batterie de l'ordi portable étant chargée à son maximum, une autre possibilité me plaît.

— Votre salon de jardin fera parfaitement l'affaire, si vous n'y voyez pas d'inconvénient. Il est à l'ombre, nous n'aurons pas trop chaud.

— À votre gré. Le soleil est déjà haut dans le ciel, mais ce matin il y a une petite brise. Nous avons une heure devant nous avant que l'emplacement devienne intenable. Si vous n'en avez pas terminé, nous irons ensuite sur l'autre terrasse. Il y en a toujours une des deux qui est ensoleillée.

Pendant que j'allume l'ordinateur et branche l'imprimante de poche, elle va chercher un masque alors que son mari ose un œil. Short et tee-shirt tachés de peintures de teintes différentes, un pinceau à la main, il hoche la tête en guise de bonjour et retourne à ses travaux.

Une minute pour taper l'état civil de la dame, et je lui enjoins de tout me dire, sans omettre de détails.

— Il était près de 11 heures, mercredi matin. Je revenais de Concarneau, où j'étais allée acheter un cadeau pour ma petite fille qui aura neuf ans dimanche. Par la même occasion, je m'étais arrêtée prendre du pain et deux gâteaux car c'était mon anniversaire.

— Avec un peu de retard, je vous souhaite un bon anniversaire.

— C'est gentil, sourit-elle avant de redevenir appliquée. Par crainte de faire une bêtise, parce qu'il m'arrive souvent d'être maladroite, je suis entrée une première fois dans la maison pour déposer le pain sur la table et mettre les pâtisseries au frigidaire. Je suis ressortie pour aller prendre le cadeau dans le coffre, et c'est alors que j'ai entendu démarrer le moteur d'une voiture, et aussitôt on a enclenché les feux de détresse.

— La voiture était-elle déjà dans la rue quand vous y êtes arrivée ?

— Je ne sais pas, je n'y ai pas fait attention. Mais à ce moment-là, j'ai pensé que la personne attendait quelqu'un, et qu'elle les avait allumés pour ne pas se faire emboutir. Il n'y avait pourtant pas de voiture qui circulait, ce n'était par conséquent pas indispensable.

— Elle était mal garée ?

— Non, pourtant, et c'est pour cela que j'ai supposé qu'elle attendait quelqu'un.

Elle s'exprime posément, ne butant pas sur les mots, ne mélangeant pas ses idées, et respectant la chronologie de l'action qu'elle a observée, ce qui me laisse le temps de dactylographier mon texte sans revenir en arrière et sans la couper pour demander une précision.

— Je ne suis pas curieuse, enfin pas trop, glousse-t-elle, mais comme j'étais intriguée, j'ai pris mon temps pour ouvrir le coffre, et prendre le cadeau avec précaution parce que c'est fragile. Au même moment, j'ai remarqué que le monsieur qui travaillait chez Gladys et Georges était à côté de son fourgon.

— Par rapport à lui, à quelle distance était la voiture ?

— Je dirais vingt mètres. Il a marché vers la voiture, car il pensait sans doute qu'elle était en panne, et qu'il voulait aider le pauvre automobiliste, mais la voiture a avancé de quelques mètres.

Me référant à la triste fin de Corentin Brassens, je doute qu'il se soit dirigé vers la voiture pour dépanner le malheureux conducteur, ou plutôt la malheureuse conductrice, car si madame Le Gall ne me l'a pas encore précisé, le gendarme en retraite l'a fait plus tôt au téléphone. À mon avis, il est prévisible qu'il connaissait la propriétaire de cette automobile, et que c'est pour cela qu'il s'en approchait.

— Elle roulait dans quel sens ?

— Pour sortir de la rue.

À moins d'avoir effectué une marche arrière depuis l'entrée de la rue de Penfret, la femme qui était au volant a embouqué l'impasse et y a fait un demi-tour pour attendre la sortie de Brassens, et par le jeu raconté par Glémarec et que madame Le Gall ne manquera pas de préciser dans un instant, l'inciter à la suivre.

— Poursuivez, je vous en prie.

— L'artisan s'est arrêté de marcher pendant deux ou trois secondes. Il semblait se demander ce que cela signifiait, et quand il a repris sa marche, la voiture a encore avancé de quelques mètres. Et là, Monsieur le policier, il faut que je vous signale que c'était une femme qui était au volant. J'en suis certaine, parce que justement elle a sorti son bras gauche par la portière et a fait signe de la suivre. Il est retourné à la maison des Glémarec, il a fermé la porte et mis la clé dans sa poche, et après il est monté dans son fourgon.

— C'est un réel plaisir de vous entendre, Madame. Votre façon de la raconter fait que j'ai l'impression de vivre la scène en direct. Que pouvez-vous me dire sur la voiture ?

— Elle est noire. Je n'ai pas pensé à relever sa plaque d'immatriculation.

— Quel genre de modèle, petit, moyen ou gros ?

— Ce n'est pas une grosse voiture. Elle n'est pas non plus si petite que ce qu'on appelait avant un pot de yaourt.

L'allusion à la Fiat 500, ou plus ancien encore à la BMW Isetta, me fait sourire.

— Vous n'avez pas vu le logo du constructeur ?

— Je n'y ai pas fait attention, bredouille-t-elle un tantinet honteuse de ne pouvoir m'aider autant qu'elle le désirerait.

— Ne vous formalisez pas, vos informations nous seront très précieuses. Voyez-vous autre chose à ajouter ?

— Oui, avant de suivre la voiture, le monsieur a pris quelques secondes. Une dizaine, ou une quinzaine, pas plus. La voiture a disparu, suivie du fourgon, et jamais je n'en aurais parlé à personne si Georges n'était venu me poser des questions à ce sujet. Il… il m'a dit que le monsieur était décédé.

Que Brassens n'ait pas tout de suite suivi la voiture m'intéresse. Aussitôt, j'assimile ce répit au temps nécessaire pour passer un très rapide coup de téléphone… ou adresser un sms.

— C'est bien triste, en effet. Rien n'indique que la femme qu'il a suivie soit sa meurtrière, mais nous avons un début de piste grâce à vous.

*

Hormis madame Le Gall, aucun habitant de la rue de Penfret n'a remarqué la présence d'une conductrice dans une voiture noire. Pour le coup, nous n'en savons pas plus sur l'insolite manœuvre qui a entraîné le départ de Corentin Brassens.

Le soleil n'est pas encore à son zénith quand nous retrouvons l'habitacle surchauffé de la voiture de service. Implacable, l'astre lumineux a petit à petit raison de nos forces. Plus que la faim, c'est la soif qui nous taraude. La langue aussi longue qu'une journée sans pain, nous céderions notre chemise pour une boisson, alcoolisée ou non.

Un court débriefing suffit pour nous mettre d'accord sur la suite à donner à cette matinée bien remplie, tant elle est évidente. Décidant de laisser croupir Alexandre Harrys dans sa cellule, il n'y a pas urgence à rallier Quimper. Aussi, après un examen attentif de la rue de Penfret, nous empruntons à vitesse réduite l'itinéraire que, vraisemblablement, Corentin Brassens a suivi derrière la mystérieuse conductrice, à destination du parc du château de Kériolet. Tout aussi méthodiquement, tout au long de la route, nous observons les deux côtés de l'asphalte dans l'espoir d'apercevoir une caméra susceptible d'avoir filmé le petit convoi. Ce sont en particulier les abords des rares commerces qui jalonnent la route qui concentrent notre attention. Dans le même temps, je contacte par téléphone le lieutenant du commissariat de Concarneau.

— Salut, Fred. Je ne te dérange pas ?

— Salut, Max. Non, ne t'inquiète pas. Que me vaut ton appel ?

— On a besoin d'un petit coup de main. Je suppose que tu as à ta disposition la liste d'implantation des caméras installées à Concarneau.

— Tu supposes bien. Si à la mairie c'est pour l'instant seulement à l'état de projet pour en positionner sur le port et au centre-ville, nous avons effectivement une liste. Cette liste précise si les images sont enregistrées et donc consultables, ou si elles servent à fournir un état des lieux en direct.

— On a peut-être une carte à jouer, alors. Peux-tu regarder s'il y en a entre Lambell et le château de Kériolet. Pour être franc, ce ne sont pas des caméras qui filment uniquement l'intérieur d'un magasin, d'une banque, ou d'un établissement de ce type qui nous intéressent, mais des caméras orientées vers la rue, ou la route selon les lieux. On voudrait identifier une voiture.

— Pour quand te faut-il l'information ?

— Pour hier, ça urge.

— Je regarde, et je te rappelle.

Nous parvenons au pont qui enjambe la rivière Moros quand Fred se manifeste. Comme nous n'avons repéré aucune caméra et que nous approchons du but, c'est le cœur vibrant d'espérance que je prends la communication.

— Alors ?

— Rien, Max. Je suis désolé. C'était vraiment important ?

— Oui. Nous avons appris que Brassens a quitté Lambell à environ 11 heures pour suivre une voiture dont l'occupante lui faisait signe de la suivre. Sachant que l'heure du décès est située entre 11 et 13 heures, nous tenons sans doute le bon bout. En disposant d'une bande sur laquelle on voit le fourgon du chauffagiste, il nous aurait été facile d'identifier la voiture qui le précédait. Et par-là même à qui elle appartient, et qui la conduisait.

— Hum, il reste une possibilité, c'est qu'il y en ait qui ont été installées sans que le propriétaire ne nous prévienne. Je demande à un équipage de ratisser les parages. Si j'ai du positif, je te bigophone.

— Super. Merci Fred, à plus tard.

Du rond-point à la sortie du pont au château, il y a moins d'un kilomètre. Pour ne rien omettre, nous faisons un détour par le parking d'une zone d'activité qui concentre plusieurs commerces, inspectant les façades. Notre entreprise n'étant pas couronnée de succès, nous revenons vers le giratoire et reprenons notre route. Un croisement réglementé par des feux tricolores est notre ultime chance, mais malheureusement, là encore, pas de caméra. Pour nous donner bonne conscience, nous allons jusqu'à l'entrée du parc du château, mais force est d'admettre que nous ne pourrons escompter l'aide providentielle de la technique pour nous procurer l'immatriculation de l'énigmatique auto noire.

Parce que nous n'avons rien à nous dire et que parler est une torture pour notre langue desséchée, c'est en silence que nous mettons le cap sur le chef-lieu du Finistère. Cet après-midi, Alexandre Harrys va subir le gril de nos questions, et il y a intérêt à ce qu'il balance du positif s'il ne craint pas de nous irriter plus que nous ne pourrions le supporter.

VI

Arrivés au commissariat, le premier acte est de boire pour hydrater nos organismes. Proférant peu de paroles, par la suite nous mangeons. Comme hier, nous nous contentons d'une simple collation, mais, plus que jamais, le sandwich au thon acheté à la hâte est insipide. Il eut été à la langouste qu'il n'en serait pas meilleur, ou si peu. Désabusés, nous sirotons un café. J'épluche les mails reçus durant mon absence, pendant que Simon se met en relation avec maître Solutom pour l'avertir qu'une nouvelle audition de son client se tiendra sous peu. Comme il fallait s'y attendre, l'emploi du temps démoniaque du ténor du barreau du tribunal de Quimper ne lui permet pas de nous rejoindre. Nous ferons sans lui.

La dernière goutte d'arabica avalée, je décide d'extérioriser par des mots ce qu'il nous faut retirer de la matinée.

— Ne soyons pas négatifs. Certes, une caméra idéalement placée nous aurait simplifié le boulot, mais globalement nous avons progressé.

— C'est indéniable, fait Simon après plusieurs secondes passées à sonder sa mémoire, histoire de ne rien rater même si obligatoirement toutes nos pensées tournent autour de l'affaire du moment. Je suis certain que tu penses à la même chose que moi, concernant une femme au volant d'une voiture noire.

— Comment pourrait-il en être autrement ? Véréna Lanvot fait une coupable tout indiquée. Elle possède une Skoda de cette couleur.

— Elle n'est pas la seule, son ex-mari aussi. Il pourrait l'avoir prêtée à une femme. J'y pense, on ne lui a pas demandé s'il a refait sa vie.

— Il n'est pas trop tard. Sinon, cette femme pourrait être sa sœur, une cousine, une voisine, une amie… Le mieux est de le lui demander. Tu y vas, ou j'y vais ?

— J'ai besoin d'exercice. L'escalier m'aidera à digérer.

Pendant qu'il va chercher Harrys, je remplis sur le procès-verbal à venir les mentions obligatoires. Cinq minutes plus tard, un Alexandre Harrys intimidé fait son apparition. J'attends que Simon ait retiré ses menottes, et lorsque c'est fait, après un regard appuyé vers Simon pour qu'il reste dans la pièce, j'entre directement dans le vif du sujet.

— Vous arrive-t-il de prêter votre voiture, monsieur Harrys ?

Ne s'attendant pas à pareille entame, il me scrute, respire fortement, et en plissant le front répond à ma question par une autre.

— Qu'est-ce que vous voulez savoir exactement ?

— S'il vous arrive de prêter votre Corolla. Et si c'est le cas, à qui la prêtez-vous ?

— Mais, à personne !

— Jamais ?

— Jamais.

— Quand vous partez pour quatre semaines sur la plate-forme pétrolière, personne ne l'utilise ?

— Non. Je la mets dans mon garage, et je débranche la batterie.

Il semble inattaquable sur ce point. Voyons la suite.

— Vous avez affirmé vivre seul, mais même si vous seul occupez votre maison, y a-t-il une femme dans votre vie ?

Désappointé par la nouvelle orientation de l'interrogatoire, il plisse encore le front.

— J'ai une relation avec une femme, mais elle vit chez elle et moi chez moi.

— Un peu curieux, le fonctionnement de votre couple, non ?

— Parce que nous ne sommes pas un couple. Elle a trois enfants scolarisés, je suis absent un mois sur deux… pas facile dans ces conditions de mener une vie de couple comme beaucoup l'entendent.

— Qui est cette femme ?

— Arrêtez ! Je n'ai pas à vous parler d'elle. Ça commence à me gaver, vos questions ! Vous me retenez pour des faits dans lesquels je ne suis absolument pas impliqué, il n'y a donc pas de raison à ce que je dévoile ma vie privée.

— Ça, c'est à nous d'en juger.

— Je vous corrige : pas d'en juger, mais de l'estimer. Et estimer, c'est ce que je fais actuellement. Vous vous trompez en vous acharnant sur moi, et j'estime qu'il est hors de question que vous vous en preniez à elle. Je sais que je n'ai rien à me reprocher, et que rapidement vous me laisserez sortir, alors je ne veux pas que vous foutiez le bordel dans ma vie en allant interroger une personne que j'aime. Imaginez le mal que vous allez lui faire, et que vous allez me faire, alors que je suis complètement innocent.

— Je suis d'accord pour user du verbe estimer plutôt que juger. Ce n'est pas de la diplomatie, vous avez entièrement raison. Mais pour démontrer votre innocence, nous devons faire notre travail, et en taisant des informations, vous ne nous aidez pas. Mieux, vous ne vous aidez pas.

— Ce n'est pas que je cache des informations. Je me tue à vous répéter que je ne suis aucunement impliqué dans ce que vous me reprochez. Krystell était un amour de jeunesse, l'espace d'un peu plus d'un an, il y a une vingtaine d'années, mais ce n'est pas parce que son mari est assassiné que je suis le coupable. J'ai rebondi. Après elle, il y en a eu quelques autres, dont principalement la mère de mes enfants. Là encore nous nous sommes séparés, et maintenant je fréquente une autre femme, mais il n'y a aucun motif pour me mettre sur le dos la mort de ce pauvre gars.

Il me faut un moment pour taper l'intégralité de sa longue tirade. Simon griffonne quelques mots sur un papier qu'il me tend quand j'ai comblé mon retard. Sans que le gardé à vue ne s'en aperçoive, car ses pensées vagabondent vers le carrelage typiquement des années soixante, je lis la phrase : « *Et si Krystell avait chargé son amour de jeunesse de liquider son mari ?* » Sans en avoir l'air, un hochement de la tête et un jeu de paupières sous-entendent que cet aspect ne m'a pas échappé et que je vais explorer cette éventualité.

— Il y a plusieurs éléments qui me contrarient et qui font que je ne peux vous croire en me basant sur votre version. Tout d'abord, vous n'avez pas d'alibi. Personne ne peut confirmer que vous étiez sur votre vélo.

— Il y a sûrement des gens qui m'ont vu.

— Dans ce cas, donnez-moi un nom, un seul, pour que je vérifie.

Son mutisme démontre son incapacité à aplanir nos doutes.

— Laissez-moi terminer, vous vous exprimerez ensuite. Primo, vous n'avez pas d'alibi. Secundo, il n'est pas indispensable d'être devin pour savoir que votre MAC 50 a servi récemment, alors que selon vous il est au placard depuis au minimum deux ans. Avouez que c'est troublant. Mais je n'ai pas fini. Tertio, vous connaissez, ou avez bien connu, l'épouse de la victime. Nous pouvons supposer que vous vous êtes revus il y a quelque temps, que vous avez discuté et avez regretté de vous être séparés. Vous entretenez une liaison, et comme il n'était pas envisageable de continuer ainsi, en vous voyant en cachette une fois de temps en temps alors que vous vous aimez éperdument, tous les deux, vous avez décidé de passer à l'action. Vous avez prêté votre Corolla à Krystell, et pendant que vous alliez pédaler le long de la côte, elle a descendu celui dont la présence compromettait votre vie de couple.

— N'importe quoi ! Vous êtes fou ! Et puis, c'est quoi cette idée de prêter ma bagnole ?

— Un témoin a vu une femme au volant de votre voiture.

— Quand ?

— Mercredi. Le matin du meurtre.

Quand il s'effondre sur sa chaise, je me dis que la partie est gagnée. Il va avouer, et raconter par le détail comment il a assassiné son rival. À la place de cela, il pousse un ouf de soulagement, et les yeux pétillants d'une forme de béatitude, s'exclame avec enthousiasme :

— Ça ne tient pas ! C'est impossible. À moi maintenant ! Pour faire comme vous, primo, je ne parlerai qu'en présence de mon avocat, comme il me l'a conseillé, et secundo, mercredi matin, ma voiture n'était pas chez moi. Je l'ai déposée au garage lundi matin, pour qu'elle passe en carrosserie, suite à un accrochage avec un touriste qui, avec son camping-car, a arraché mon pare-chocs avant et défoncé l'avant droit de ma voiture. Ils ont fait les travaux durant la journée du lundi, et pour respecter le temps de séchage de la peinture, elle y est restée mardi, qui était férié, et je suis allé la récupérer mercredi en fin de journée.

Jusque-là fanfarons qui guettions l'incohérence ou la preuve qui inculperait le père de Cynthia et Benjamin, c'est à notre tour de fulminer intérieurement. Cédant à Harrys ce moment de plaisir, je réfléchis à ce que cela modifie à notre supposition de départ. Madame Le Gall a vu une voiture noire, un petit modèle. Elle n'aurait pu se tromper en confondant avec l'Espace Renault des époux Brassens, que la veuve de fraîche date aurait conduit. Bon, si le scénario du prêt de la Toyota Corolla est anéanti, rien ne dit que le reste est à jeter. Pendant que Simon quitte la pièce pour téléphoner au garage qui a exécuté les réparations, je me veux conciliant.

— Je suis beau joueur. Il n'y a pas à contester, vous avez marqué un point. Il en faut plusieurs pour gagner la partie. Vous avez l'occasion d'en marquer un deuxième, ou alors de nous permettre d'égaliser… Comment se nomme votre compagne ?

— En quoi le fait de vous livrer son identité peut-il suffire à m'innocenter ou au contraire à me suspecter ?

— Très simple, en ayant son identité, nous saurons ce qu'elle a comme véhicule.

— S'il n'y a que cela, je double la marque ! Elle s'appelle Pauline Nortion. Elle habite Névez. Elle possède une 208 grise. Vous me relâchez, maintenant ?

Après avoir soufflé le chaud pour obtenir sa confiance et en corollaire la réponse à la question sur laquelle nous butions, même si ce n'est pas la saison, une brise glaciale va le ramener sur terre.

— Si votre usage d'une voiture noire ne peut se prouver, ou celui d'une complice, avant de vous innocenter totalement, nous allons nous intéresser à votre arme. Vous ne retrouverez votre liberté que lorsque les résultats de la balistique seront en votre faveur… s'ils le sont un jour.

— Oh non, ne me dites pas que…

— Donnez-moi les coordonnées exactes de Pauline Nortion. Plus tôt je la rencontrerai, plus tôt vous sortirez.

*

Difficile à manœuvrer, Alexandre Harrys a tout de même cédé à ma requête. Notre accusation ne reposant plus que sur son arme et les balles ôtées du corps de Brassens lors de l'autopsie, il fut décidé que Simon ferait un saut à Vannes, car l'un de nos collègues de l'antenne de la PJ locale devait se rendre à Paris pour lui aussi apporter des pièces à expertiser aux spécialistes parisiens du service balistique du laboratoire de police scientifique (LPS). Il s'en faudrait de plusieurs jours avant de lire leur rapport, et découvrir si c'était bien de son MAC 50 que provenaient les projectiles ayant causé la mort de l'électricien-chauffagiste. Légalement, Harrys était en garde à vue depuis ce matin, et nous pouvions le garder jusqu'à demain matin 9 heures 15, voire pour vingt-quatre heures supplémentaires, aussi, comme je supposais qu'il taisait une partie de la vérité, je n'étais pas pressé de lui rendre sa liberté de mouvement.

Le temps de l'aller-retour de Simon à la ville préfecture du Morbihan, je fis le trajet jusqu'à Trégunc, car contactée par téléphone, la compagne de Harrys m'avait annoncé qu'elle était à la maison et n'en bougerait pas tout de suite. Il s'en fallut de trente minutes pour arriver à destination, à quelques encablures du château du Hénan. Dans un exceptionnel écrin de verdure, avec vue imprenable sur l'Aven, Pauline Nortion ne se fit pas prier pour que j'enregistre son témoignage, puis pour me laisser vérifier que son automobile était réellement une Peugeot 208 de couleur grise, et enfin appeler son employeur qui garantit qu'elle était effectivement au travail mercredi matin. Son procès-verbal signé à la main, je suis revenu à Quimper, où dans mon bureau je me suis penché sur les documents écrits ou dactylographiés pris dans l'atelier-bureau de Brassens.

À un moment de l'après-midi, lassé de lire ces documents et désespérant d'y trouver un indice aussi infime soit-il pour la suite de l'enquête, mon esprit a vagabondé vers d'autres points de l'affaire. Faisant une pause dans mes recherches et dans l'hypothèse qu'ils auraient repris leur amourette en suspens depuis une vingtaine d'années, je décidai de contacter les opérateurs téléphoniques de Krystell Brassens et Alexandre Harrys. Après tout, si madame Le Gall n'était pas fichue de faire une différence entre une grosse voiture et une moyenne, il se pourrait que l'un des deux ait commis l'erreur d'adresser un sms à l'autre, ou de l'appeler. Après avoir expédié ma demande, je suis allé à la fenêtre qui donne sur la cour où sont garés les véhicules de service. Un vent léger me caressait la face, apportant un agréable bien-être. Réalisant que ma chemise me collait à la peau, je me suis dit qu'il serait bon de rentrer à Concarneau à une heure raisonnable pour, comme hier, me plonger dans les vagues de l'océan, me détendre et jouir des avantages de la plage. Mais il ne fallait pas y penser. Nous avions encore trop de documents à analyser, de personnes à entendre, ou réentendre. Ouvrant la fenêtre en grand, je me remis au travail.

Quand Simon rentra de Vannes, ralenti par la circulation en particulier à la hauteur de Lorient, c'est sans nous concerter qu'il fut décidé que le lendemain, samedi ou pas, nous nous retrouverions dès 8 heures. Les dispositions prises quant au dîner d'Alexandre Harrys, nous restâmes encore régler quelques détails avant de quitter le commissariat.

VII

Pas de baignade hier soir en revenant à Concarneau. Un abruti avait endommagé la voiture de Murielle sur le parking de l'hôpital, et comme bien souvent il n'avait pas glissé ses coordonnées sous un essuie-glace. Le temps de parler de l'incident, constater les dégâts, avertir notre compagnie d'assurances, les aiguilles de l'horloge avaient tourné. Il fut convenu que le lendemain, elle irait porter plainte au commissariat. Une douche, un apéritif sur la terrasse pour tirer un trait sur les tracas de la journée, une salade de légumes de saison et des sardines à l'huile pour se sustenter, et la soirée était écoulée.

Murielle n'a rien dit quand je lui ai annoncé que je travaillais ce samedi, et peut-être même le jour du Seigneur si cela s'avérait nécessaire. Rompue à mon rythme de vie pas toujours conventionnel, elle sait que certains impératifs ne sont pas négociables. Ainsi va la vie lorsqu'on partage celle d'un flic. Elle le savait, elle acceptait sans râler outrageusement.

Dès 8 heures du matin, je m'assois face à Simon,

dans un huis clos que rien ne pourra rompre hormis un coup de fil intempestif ou un appel du collègue brestois de permanence si en un point du département il était advenu un délit suffisamment grave pour entraîner notre participation. Je lui relate l'appel du procureur, hier en fin de journée. Après ce résumé, nous convenons de nous atteler à ce qui pourrait être le mobile de la mort de Brassens, si le ou la coupable était au nombre des personnes déjà rencontrées.

— Premier suspect, Alexandre Harrys. Vas-y, je t'écoute.

— Il avait en sa possession une arme qui pourrait être celle du crime. Malgré ses dénégations, elle a servi il y a peu, et est du même calibre que celle qui a tiré sur Corentin Brassens. Au rang des hypothèses, on peut supposer qu'il avait repris une relation avec la veuve de fraîche date, son amour de jeunesse, et qu'en liquidant son bonhomme, plus rien ne s'opposait à ce qu'ils renouent officiellement après une période de deuil d'un délai raisonnable, pour ne pas choquer l'opinion publique. Le concernant, je ne vois que cette possibilité.

— Krystell Brassens ?

— Le couple paraissait solide si l'on en croit les proches, mais entre son boulot, ses absences pour des parties de pêche avec son copain Pierre Oisemonde ou d'autres activités dont nous ignorons ce qu'elles pouvaient être, on peut argumenter que cela finissait par lui peser. D'ici à ce qu'elle ait pris un amant, il n'y a peut-être pas loin, et ici ressurgit Harrys.

— Ce serait donc elle la femme qui aurait fait signe de la suivre ?

— Pourquoi pas !

— On garde cela sous la main. Olivier Pigeon ?

— Il semblait apprécier son beau-fils. Il a bu un verre avec lui la veille, mais ça pouvait être pour endormir sa méfiance. D'un autre côté, son alibi tient le bitume.

— Qui serait la femme ?

— Hum, pas son ex si j'en crois ce que tu m'as dit de leur relation. Depuis leur divorce, ils s'évitent. Ou alors, ils se seraient alliés en sachant que leur fille n'était pas heureuse avec son bonhomme.

— Pas bête. Ce serait un duo tellement improbable qu'ils auraient prédit que nous n'y penserions pas. Mais son père et sa mère auraient dit à Krystell de divorcer, ça aurait été moins expéditif que deux bastos dans le caisson. Même prêts à passer à l'acte, ils auraient eu une pensée pour leurs petits-enfants. Je n'y crois pas trop, mais bon…

— Christine Michener ?

— On vient d'en parler. Elle et Pigeon sont indissociables. Sur le plan des suspects, j'entends, parce qu'ils ne vivent plus ensemble. Elle aussi tenait Corentin Brassens en estime, mais qui sait ce qu'une maman est capable de faire pour sauver sa fille si elle sent, ou si elle sait, qu'elle est malheureuse.

— On zappe Pierre Oisemonde, le copain de pêche, parce qu'il a un alibi, et qu'on ne lui connaît pas de femme dans son entourage qui aurait pu l'aider, mais on conserve néanmoins son nom, sait-on jamais. Achille Quéaule ?

— À mon avis, c'est un simple client, et en plus il semblait satisfait du travail de l'artisan.

— Comme Oisemonde, on garde son nom sur la liste bis. Venons-en maintenant à d'autres femmes. Estelle Révistal ?

— Elle a affirmé qu'elle ne connaissait pas la victime, et j'ai senti qu'elle ne mentait pas. De plus, son coupé gris ne correspond pas à la voiture vue par madame Le Gall.

— Tout cela tendrait effectivement à la disculper. Tu me connais, j'aime ménager le suspense, alors j'ai gardé la meilleure pour la fin : Véréna Lanvot ?

— Tu as bien fait, parce que si tu avais commencé par elle, les autres nous auraient tous parus innocents. Véréna Lanvot… Elle a la particularité d'avoir une Skoda Fabia noire. Si madame Le Gall fait une différence de gabarit entre les voitures, et en particulier entre les dimensions d'un Espace Renault et d'une Skoda, il ne m'a pas échappé que ce modèle correspond plus à une voiture moyenne. Il y a ce premier point. Ensuite, je me rappelle avoir parlé avec Justin, qui disait ne pas la trouver trop nette quand elle s'embrouillait dans ses explications. Il nous est arrivé d'interroger des gens qui perdaient leurs moyens, par timidité tout simplement, ou parce qu'ils flippaient même s'ils étaient blancs comme neige, mais il ne sentait pas sa manière de s'exprimer.

Sans ouvrir la bouche, j'opine pour montrer qu'à moi non plus les ratés de la femme ou sa façon trop décontractée de répliquer du tac au tac ne m'avaient pas échappé.

— Je suggère une nouvelle visite. Comme elle nous a déjà vendu deux versions différentes, elle s'embrouillera peut-être encore et en balancera une troisième. Ce sera à nous de réagir tout de suite, et de la pousser dans ses derniers retranchements.

— Parfait, Simon, tu as bien résumé la situation. Dans un premier temps, allons chercher Harrys. Après, on foncera à Névez pour l'enterrement. Et dans la foulée, on ira chez Véréna Lanvot.

Assis dans mon bureau et débarrassé de ses menottes, Alexandre Harrys est le premier à parler. Il est resté silencieux lorsque nous sommes entrés dans sa cellule, puis en grimpant les trois étages. Mais maintenant, il veut savoir ce qu'il va advenir de lui.

— Alors, vous me relâchez ?

— Ce n'est pas d'actualité. Tout au contraire, je vous signifie que votre garde à vue est prolongée de vingt-quatre heures.

— Mais pourquoi ? Je ne suis pour rien dans la mort de Brassens. Je ne le connaissais pas, ou si peu. De temps en temps, il m'arrivait de le voir, la plupart du temps au volant de son fourgon, mais je ne le connaissais pas. Pourquoi je serais allé jusqu'à le tuer ? Je vous l'ai dit et répété, Krystell et moi c'est de l'histoire ancienne.

Parce que cette tirade a fait monter son excitation, je laisse un ange passer. Quand un individu sort de ses gonds, il nous arrive de glaner des infos, mais pas cette fois-ci. Quand j'entends que sa respiration s'est un brin calmée, j'avance le visage au plus près de la plaque de plexiglas qui nous sépare, et je dis d'un ton empreint de sérénité.

— Nous allons procéder à quelques vérifications. En fonction du résultat, nous déciderons de ce qu'il convient de faire de vous. Vous avez eu le temps de réfléchir durant la nuit, voulez-vous revenir sur vos déclarations ?

— Oui, j'ai réfléchi, et non, je n'ai rien à ajouter. Que voulez-vous que j'ajoute ? Je me tue à vous seriner que je ne suis pas coupable de la mort de ce pauvre gars.

— Soit ! Nous vous redescendons en cellule.

*

L'église paroissiale Sainte-Thumette de Névez est située en plein centre de la ville, face à l'Office de Tourisme. Elle se caractérise par un clocher droit, pas très haut. Alors que la cérémonie ne débutera que dans vingt minutes, quand nous passons en voiture à proximité, nous remarquons une foule d'une cinquantaine de personnes à l'extérieur. Si les restrictions sanitaires limitent les regroupements, dans les édifices religieux comme partout ailleurs, beaucoup ont tenu à être présents à l'arrivée du corbillard. Lors de nos multiples passages dans l'impasse de Kerlosquet, nous avions repéré le parking de la place du 19 mars 1962, qui commémore le cessez-le-feu de la guerre d'Algérie. Revenant à pied, nous demeurons à distance, cherchant en vain un visage connu dans la foule. Toutes les tranches d'âge sont représentées, parce que les personnes présentes sont des proches de la victime et de son épouse, de leurs parents ou de leurs enfants. En guise de preuve, une quinzaine d'adolescents se sont regroupés, le visage sombre, parlant peu ou pas du tout pour la grande majorité dont c'est la première messe d'enterrement à laquelle ils vont assister. Deux ou trois filles essuient une larme, une autre ne peut se retenir et pleure, entourée de celles qui doivent être sa maman et sa meilleure amie.

Les places de stationnement les plus proches de l'édifice religieux sont réservées à la famille. Quand le corbillard approche à vitesse lente, le silence se fait monacal, les postures un poil négligées se redressent. Simon et moi ne pénétrons pas dans l'église, cédant comme il se doit à ceux qui connaissaient la victime. Notre idée étant de voir sans être vus, nous allons nous placer devant l'Office de Tourisme, comme le feraient des estivants. Ainsi, nous ne manquerons pas un hypothétique retardataire. Quand à celles et ceux qui sont entrés avant notre arrivée, nous les guetterons à la sortie.

Se penchant vers moi, Simon murmure pour ne pas indisposer un couple qui déplie un plan de la ville pour se repérer ou choisir son lieu de promenade ou de visite :

— Tu y crois, toi, à la présence du coupable ?

— C'est ce qui se fait couramment dans les films ou bouquins. C'est du même tonneau que le coupable revient toujours sur les lieux du crime. Je n'en suis pas persuadé, mais nous ne risquons rien à essayer.

— Ce serait trop facile, il n'y aurait qu'à…

Le curé sort accueillir le cercueil et la famille du défunt. Sans contact physique et masqué, pour respecter les recommandations de l'Agence régionale de santé, il se fend de phrases réconfortantes. Quelques minutes plus tard, marchant lentement, il rentre dans l'église. Il est suivi du cercueil posé sur un chariot guidé par des employés des pompes funèbres, puis par la famille. Chacun soutenant leur fille Krystell, Olivier Pigeon et Christine Michener viennent ensuite, puis les enfants. Derrière, ce doit être les deux sœurs de la veuve et leur mari ou conjoint, et des enfants sensiblement du même âge que Jules, Manon, et Morgane. Oncles, tantes, et cousins viennent après. Tous, en ces pénibles circonstances, orientent la tête vers le sol en pierre de granite. Pourtant, plusieurs jeunes pour qui c'est une première expérience, ou une deuxième s'ils ont fait leur communion, lèvent la tête et examinent respectueusement les lieux.

Ce n'est pas un retardataire, mais plusieurs femmes et hommes qui se présentent à tour de rôle, seuls ou en couple. Ne pouvant assister à la cérémonie, ils glissent un faire-part ou une enveloppe dans l'urne disposée sous le porche. Aucun ne fait partie de nos suspects.

Nous trouvons un endroit à l'abri du soleil pour patienter, et comme il s'écoulera près d'une heure avant que tous ressortent, nous optons pour un café à la terrasse d'un bar idéalement placé pour nous garantir de ne rien rater. Passant par-là, le patron du Gas de Névez nous reconnaît et nous salue amicalement.

Après la bénédiction du corps, les premières personnes ne tardent pas à ressortir. Ils sont une dizaine à avoir bravé l'interdiction due à la Covid-19 et à ses risques. Nous les dévisageons, malgré leur masque, mais aucun ne figure sur notre liste. Certains s'en vont, d'autres restent, s'attroupant pour discuter et extérioriser par des mots tout le bien qu'ils pensaient de ce pauvre Corentin. Quand le flot s'est tari, il s'en faut de plusieurs minutes avant que la famille sorte à son tour. Sans démontrer ce qu'il ressent, Olivier Pigeon nous aperçoit. Avec un air entendu, nous lui transmettons muettement nos sincères condoléances, à charge pour lui de les répercuter à sa fille et ses petits-enfants. Il acquiesce discrètement, et se plante près du corbillard.

À notre grand regret, nous n'avons reconnu personne. Alors que nous sommes revenus près de l'Office de Tourisme, en entendant une femme évoquer l'inhumation qui va suivre, nous décidons de tenter notre chance au cimetière local. Nous nous esquivons et en prenons à pied le chemin, car il n'est pas très éloigné.

*

Nous avons agi comme dans les films, détaillant les âmes présentes au cimetière, qui pour verser de l'eau dans un vase, qui pour déposer une composition florale ou un plant, ou tout simplement pour se recueillir sur la dernière demeure d'un être cher. À l'écart, en pantalon de travail et tee-shirt, un employé des pompes funèbres patientait. Quand cette seconde cérémonie sera terminée, il lui incombera de saisir sa pelle et de recouvrir le cercueil.

Lorsque le corbillard est arrivé, flanqué comme il se doit de la famille et des amis les plus proches, nous avons regardé un à un chacun des membres de ce cercle fermé. Notre observation étant infructueuse, nous nous sommes intéressés aux usagers du cimetière. Mais là non plus, nul visage connu ou individu suspect du fait de son attitude n'a attiré notre attention.

Devisant allégrement sur les séries télé ou les romans anciens fleurant bon une époque révolue, dans lesquels le brillant britannique Sherlock Holmes ou l'imperturbable belge Hercule Poirot n'avaient pas leur pareil pour être pile-poil au bon endroit au bon moment pour repérer un quidam au comportement un peu louche. Cela les menait directement sur la piste du coupable et fatalement à la clé de l'intrigue, ou au minimum confortait leurs impressions.

Dans la voiture qui nous emporte à Saint-Philibert, nous tirons un trait sur la case cimetière et discutons sur un autre sujet.

— Comment on procède avec Véréna ? s'inquiète Simon. On tâtonne ou on lui rentre directement dans le chou ?

— C'est exactement ce à quoi je pensais. Les deux stratégies ont fait leurs preuves, mais en l'occurrence on avisera en fonction de son comportement. Si elle est volubile, on la laisse causer, et on retient ce qu'elle raconte pour mieux la coincer s'il y a une incohérence, et si elle est sur la défensive, on l'embarque. Ce serait cocasse qu'elle soit voisine de cellule avec son ex-mari.

La truculence de cette perspective n'enclenche pas un fou rire, mais a le mérite de nous apporter un sourire.

— Qui sait, en se plantant dans le couloir, on pourrait les entendre discuter. Aussi bien, selon leurs propos, ils nous mettraient sur la bonne voie.

— Ne rêvons pas, mais la situation ne manquerait pas de piquant.

— Elle le serait moins pour les enfants, tempère Simon en bon père de famille. Ils seraient dans une fichue mouise.

— Pas seulement eux, mais nous aussi ! La fille est majeure, mais le fils est mineur. Il faudrait qu'on lui trouve une famille d'accueil. Tu as de la place chez toi ?

— T'es con, Max, se marre mon équipier. Chez toi, il y a deux chambres libres.

Nous ne croisons personne dans un Saint-Philibert exceptionnellement désert pour la saison. Stang Sant Laorans, nous arrivons devant la maison aux pierres apparentes juste quand ronronne le moteur du scooter noir à la selle blanche. De dos, occupé à mettre son casque, les jambes poilues avertissent que nous sommes en présence de Benjamin.

— Bonjour, Maman est là ?

— Non, dit-il d'une petite voix timide, signe que sa mère lui a dit qui nous sommes. Je crois qu'elle ne va pas tarder.

— Nous allons l'attendre.

— Ma sœur est dans la maison. Je me taille, j'ai rencard avec mes potes.

Il enfourche son engin, et à peine ses fesses posées sur le siège biplace, tourne la poignée des gaz avant que par sécurité nous n'ayons le temps de lui conseiller, ou de lui imposer, de mettre des gants et d'enfiler un vêtement adapté. Et cela même si la saison est propice à la décontraction.

Plutôt que d'attendre la maman durant une durée indéterminée, autant rencontrer la fille. Elle pourra téléphoner à sa mère, et la prier de rentrer rapidement.

Répondant à la petite cloche qui a retenti, Cynthia ouvre la porte. Elle aussi sait qui nous sommes, et ce que nous représentons. Cela se remarque à ses traits qui se figent. Il importe de la mettre à l'aise, nous ne sommes pas des tyrans, que diable !

— Bonjour Cynthia. Nous venons de voir Benjamin juste avant qu'il parte. Il a dit que votre maman n'est pas ici. Vous pourriez la joindre sur son portable, s'il vous plaît ?

Elle semble hésiter entre fermer la porte pour l'appeler et le faire devant nous. Comme elle a son mobile à la main, mes yeux vont de celui-ci à ses yeux marron, et d'une inclination de la tête je l'encourage à le faire tout de suite.

— Allô, maman. Où es-tu ?

— …

— Tu peux rentrer directement ? Les policiers sont là.

Sans attendre la réponse, elle coupe la communication. Elle va pour s'éclipser dans la maison quand d'une voix autoritaire je la stoppe :

— Restez, nous n'allons pas vous manger. Ça va nous permettre de bavarder un petit peu pour mieux vous connaître, vous et votre maman.

Elle oscille entre rester et partir. Parce qu'il s'agit d'une jeune fille bien élevée, elle reste.

— Alors, quel est le programme aujourd'hui ? Vous irez vous baigner ?

— Je ne sais pas. Je vais appeler mes copines et mes copains, et on va voir.

— Ce serait dommage de ne pas en profiter, il fait super-beau. Au fait, qu'est-ce que ça a donné, hier, vous avez décroché le permis de conduire ?

— Oui, fait-elle les prunelles enfin éclairées d'une lueur joyeuse. Normalement, je ne le saurai qu'un peu plus tard, dans deux ou trois jours, mais mon moniteur m'a dit que c'était dans la poche.

— Félicitations ! Dans la foulée, vous allez acheter une voiture ?

— Non. Je suis étudiante, je n'ai pas les moyens. Je prendrai celle de mon père quand il sera sur la plate-forme pétrolière, et quand il sera à terre, j'emprunterai celle de ma mère de temps en temps.

Plutôt pratique, en effet, et nettement moins onéreux. Que son père soit absent quatre semaines lui donnera une grande liberté pour se déplacer.

— Vous travaillez pendant les vacances d'été ?

— Non, je n'ai rien trouvé. J'ai envoyé des CV un peu partout, je me suis inscrite dans une agence d'intérim, mais je n'ai eu aucune réponse.

— Remarquez, sans voiture, vous n'auriez pas pu vous déplacer.

— Si, j'aurais pu trouver un job pour le mois d'août, en misant sur l'obtention du permis de conduire. Et en juillet, j'aurais pris le scooter de mon frère.

— Bravo ! Quand on veut vraiment travailler, on trouve toujours une solution. Vous pourriez nous donner un verre d'eau du robinet ? Nous n'avons rien bu de la matinée.

— Oui, d'accord. Je reviens.

À son retour, nous buvons par petites gorgées. Maintenant qu'elle est un peu plus rassurée sur la tournure de notre entretien, ça va se corser, le but étant de la sonder sans que cela soit assimilé à une audition.

— Comme vous avez passé votre permis, vous êtes nécessairement majeure. Nous pouvons donc vous entendre sans la présence d'un adulte. Il faudrait que vous veniez avec nous à Quimper.

Après une conversation amicale qui, le croyait-elle, avait uniquement pour but de patienter en attendant le retour de sa mère, ce revirement la saisit à froid.

— Ah, j'ai fait au plus vite, s'écrie la voix de sa maman dans notre dos, à Simon et moi. Que voulez-vous encore savoir ?

En compagnie d'Estelle Révistal, sa bonne amie, Véréna Lanvot fait irruption. En robe d'été, elles sont tout aussi ravissantes l'une que l'autre. Sac à main tenu sur l'épaule, la maman de Cynthia et Benjamin tient à la main un panier en osier qui recèle des fruits de saison, sûrement achetés au marché qui se tient traditionnellement le samedi à Névez.

Tandis qu'Estelle reste interdite, que nous soyons en train de discuter avec sa fille n'a pas l'air de plaire à Véréna.

— Mais que… que voulez-vous ? questionne-t-elle en ôtant ses lunettes de soleil pour mieux nous fusiller du regard.

— Bonjour, madame Lanvot. J'informais votre fille qu'il serait utile pour notre enquête qu'elle nous accompagne à Quimper. Nous vous serions reconnaissants de ne pas intervenir, et d'entrer dans la maison.

— Mais vous n'avez pas le droit ! Laissez-la tranquille.

— Nous avons tous les droits. Elle est désormais majeure, votre présence n'est pas requise pour qu'elle réponde à nos interrogations. Entrez chez vous, nous vous verrons ensuite.

— Ah, mais ça ne va pas se passer comme ça ! s'insurge-t-elle.

— Obéissez ou on l'embarque. Et vous aussi, par la même occasion, pour entrave à la justice.

— Eh bien allez-y, embarquez-moi, mais laissez-la tranquille.

Se levant, Simon entend lui montrer que rien ne nous détournera de la mission que nous nous sommes fixée, et ne nous empêchera de procéder à l'audition de sa fille.

Alors qu'Estelle recule, Véréna ne se laisse pas amadouer.

— Tu ne réponds pas, Cynthia. Tu écouteras leurs questions, mais tu ne répondras pas. Ils ne peuvent pas te forcer à parler.

— Rentrez, Madame, ou je vous porte et je vous menotte à un radiateur.

Si elle doute que mon équipier mette sa menace à exécution, je le sais capable de le faire. Plutôt que d'agréer, elle fait choir son panier et bravement fait un pas en avant, cela même si Simon la dépasse de vingt centimètres. Son visage s'est transformé, métamorphosé en celui d'une furie qui entend régler les choses à sa manière. Véréna n'est plus la belle femme qu'elle était il y a dix secondes. Elle tente d'éviter les bras puissants qui déjà l'enserrent et la font quitter le sol, et continue de donner des ordres à sa fille, à grand renfort de décibels.

— Ne dis rien, ma chérie ! Tais-toi ! Mais lâchez-moi, espèce de... Ne dis rien, ne... C'est moi ! C'est moi qui ai tué Brassens. Je l'ai tué, alors laissez-la !

Alors qu'il allait pousser la porte de son épaule et emporter son fardeau pour l'isoler dans une pièce, Simon s'arrête.

— Maman ! crie Cynthia en quittant son siège comme un ressort et en se ruant vers elle.

— Ne dis rien, ma chérie. Ils n'ont qu'à m'embarquer. Laisse-moi faire, je reviendrai vite. Estelle, prends soin d'elle et de Benjamin.

Comme si divulguer la vérité qu'elle cachait au fond d'elle était le fruit d'un effort surhumain, elle paraît désormais sans force. Tout juste si elle ne s'effondre pas quand Simon lui refait toucher terre.

— Maman, je t'aime, ne…

— Ne t'inquiète pas, la guillotine-t-elle, je serai bientôt de retour.

VIII

Le retour à Quimper s'est fait sans anicroche. Menottée, à l'arrière près de moi, Véréna Lanvot n'a pas desserré les dents. De temps à autre, elle regardait droit devant elle et passait une main sur son visage pour essuyer une larme, puis ramenait son regard sur les champs et les bois qui défilaient derrière la vitre.

Elle n'a pas souhaité être examinée par un médecin. N'ayant pas d'avocat, parce que le seul auquel elle ait eu affaire dans sa vie était spécialisé en divorces, nous lui avons choisi le premier sur la liste des commis d'office. Maître de La Bonchesse était dans nos locaux trente minutes plus tard, soit le temps que nous fassions emplette de quatre sandwichs, pour nous, la gardée à vue, et son ex-mari, et cela sans que nous leur apprenions qu'une cellule les sépare. L'avocat n'est pas en costume-cravate, aujourd'hui, mais porte un pantalon de toile rouge et une chemise blanche du plus bel effet.

Comme le veut la loi française, nous l'avertissons de ce que nous reprochons à sa cliente, puis il s'isole pour s'entretenir avec elle. Devant un café, après un essai du matériel qui filmera l'audition, nous attendons pendant qu'ils mettent au point un système de défense.

— Quelle histoire, soupire Simon. Tu l'avais senti, ce final ?

— Un peu. Toi aussi, je suppose ?

— Oui, mais je n'imaginais pas que l'accouchement se ferait comme cela, sans douleur. En voyant sa fille entre nos griffes, elle s'est rendu compte que l'étau se resserrait sur elle, et elle a craqué.

— Tant mieux pour nous.

— Oui, fait-il après une gorgée d'arabica. Au moins, on règle tout aujourd'hui, et demain on ne bossera pas. On aura le dimanche pour souffler, avant de remettre ça. Tu as prévenu le proc' pendant que je suis allé chercher les casse-dalle ?

— Non. Il n'y a pas urgence, attendons d'obtenir des aveux circonstanciés. J'ai préféré faire quelques petites recherches annexes dans les paperasses en notre possession, pour préparer l'audition et me former une opinion.

— Ça devrait aller vite, elle est à point.

— Je suis assez confiant. Il ne reste plus qu'à attendre.

On aurait pu boire une cafetière entière avant qu'enfin nous soyons assis face à face, Véréna Lanvot et moi. Un copier-coller de son identité sur une feuille vierge, et nous commençons, doucement afin de ne pas la brusquer, avant d'aller crescendo…

— Devant nous, vous avez avoué être la meurtrière de Corentin Brassens. Maintenez-vous vos aveux ?

— Oui.

— Pouvez-vous nous narrer le mobile pour lequel vous êtes passée à l'acte ?

Quelques secondes pour réfléchir, se recentrer sur elle-même, et tenter de faire abstraction de l'endroit dans lequel elle se trouve et surtout des conséquences qui découleront de ce qu'elle dira. Une œillade vers son défenseur, et elle ouvre la bouche.

— Je suis montée travailler à Paris il y a vingt-deux ans. Je croyais trouver du boulot facilement. C'est ce qui se racontait ici, qu'à la capitale le boulot courait les rues. J'ai eu de mauvaises fréquentations, qui m'ont fait goûter à différentes drogues. Petit à petit, sans m'en rendre compte au départ, je suis devenue accro. Sans argent, je ne pouvais pas me payer ma dose quotidienne, alors un jour… Un jour, on m'a proposé de tourner dans un film X. Ça allait à l'encontre de ma nature, de mes valeurs, mais je n'avais pas le choix. Il me fallait de l'argent, beaucoup d'argent. Puis il y a eu un deuxième film, et un troisième… huit, en tout. Au fur et à mesure que je gagnais de l'argent, je le dépensais.

Elle renifle, porte à son nez le mouchoir en papier que lui tend de La Bonchesse.

— De temps en temps, je revenais chez ma mère, à Clohars-Carnoët, pour une ou deux semaines de vacances. Un soir d'été, dans un bar de Trévignon, j'ai rencontré Alexandre, qui par la suite est devenu le père de mes enfants. Tout de suite ça a été le coup de foudre pour nous deux. À l'époque, il travaillait dans une blanchisserie industrielle, et il louait un studio à Trégunc. Par amour pour lui, et aussi par peur du qu'en-dira-t-on, je ne lui ai pas révélé ma vraie activité à Paris. Deux semaines plus tard, à la fin de mes vacances, il fallait que j'y retourne. J'étais follement amoureuse de lui, et je voulais mettre fin à cet emploi minable, qui dévalorise les personnes, surtout les femmes, bien plus que les hommes. J'ai tourné dans un dernier film pour amasser un peu d'argent, et je suis venue m'installer avec lui. J'ai suivi un traitement de sevrage, pour me débarrasser des cochonneries qui me ruinaient la vie, au propre comme au figuré. Alexandre m'encourageait. Sans lui, j'aurais rechuté. Pour faire face à nos dépenses financières, j'ai trouvé un emploi d'aide-soignante, et j'y suis toujours.

Une profonde aspiration d'oxygène, un dandinement des fesses sur la chaise, et elle reprend :

— Cynthia est née un an plus tard, et Benjamin deux ans après. Nous avons dû déménager, car le logement était trop petit pour notre famille qui s'agrandissait. C'est à ce moment-là que nous avons acheté notre maison, à Saint-Philibert, où j'habite toujours. Alexandre en avait marre de la blanchisserie, où il était payé au ras des pâquerettes. Il s'est inscrit à une formation pour devenir mécanicien. Après trois expériences dans différentes usines de la région, il a décroché son poste sur une plate-forme pétrolière.

Nouveau break pour reprendre son souffle, et mettre de l'ordre dans ses idées.

— Depuis sept ou huit ans, ses absences durant quatre semaines compliquaient notre vie. Nous n'étions plus sur la même longueur d'onde. De là ont découlé notre séparation il y a quatre ans, et le divorce qui a suivi. Je suis restée dans la maison, et Alexandre qui gagne très bien sa vie en a acheté une à Kerouel, à Trégunc. Par malchance, avant l'hiver dernier, ma chaudière est tombée en panne. J'ai appelé un chauffagiste, au hasard, et c'est Corentin Brassens qui est venu. Il a réparé la chaudière, et m'a suggéré qu'il vaudrait mieux que je fasse un contrat d'entretien qui incluait une visite par an. J'ai accepté. Il est revenu au mois de mars, sous le prétexte de vérifier si la chaudière était bien réglée.

De se remémorer ces rencontres lui pèse. Elle halète plusieurs fois, ferme les yeux pour puiser au plus profond d'elle-même la force de poursuivre. Jusqu'ici, elle a impeccablement résumé son passé et celui d'Alexandre, afin de situer le contexte. Nous approchons de l'explication finale…

— Il a inspecté la chaudière, et après, dans la cuisine, il s'est assis pour noter ce qu'il avait fait dans le contrat d'entretien. Tout à coup, à brûle-pourpoint, il m'a annoncé qu'il m'avait déjà vue, qu'il me connaissait. J'ai demandé des précisions, et c'est alors qu'il a dit m'avoir vue dans des films pornographiques. Je n'étais pas à l'aise, d'autant plus que cette semaine-là les enfants étaient chez leur père. Il m'a proposé de ne pas payer, en échange de… en échange de faveurs sexuelles. J'ai refusé. J'étais seule à la maison, je craignais qu'il ne se montre entreprenant, mais non, il s'est retenu. Il a pris le chèque, et il est parti. Il est revenu deux ou trois mois plus tard. Oui, deux mois, parce que les enfants n'étaient pas avec moi. Il a menacé de dévoiler mon passé si je ne cédais pas… Voilà comment mon calvaire a commencé. Depuis, il venait de temps en temps, mais pas n'importe quand. Il connaissait ma situation familiale, et venait toujours lorsqu'il savait que j'étais seule.

Nouvelle interruption. Le cadre étant défini, nous arrivons à l'épilogue de ce harcèlement sexuel, et à la façon brutale qu'elle a utilisée pour y mettre fin.

Elle baisse la tête, renifle fortement, relève la tête, des larmes au bord des yeux.

— Je ne supportais plus cette situation. Il me dégoûtait, il me… Mercredi, j'ai pris mon courage à deux mains, et je lui ai donné rendez-vous au parc du château de Kériolet. Vous connaissez la suite.

Comme si c'était là l'épilogue, son avocat croise bras et jambes, attendant que je prenne la parole pour conclure à mon tour. Je la prends, effectivement, mais le dénouement attendra.

— Quelle arme avez-vous utilisée ?

— Je savais qu'Alexandre en avait une. Je me suis glissée chez lui sans me faire voir, je l'ai prise, et je suis repartie incognito.

— Dans la maison d'Alexandre Harrys, où était-elle cachée ?

— Je ne sais plus, réplique-t-elle sans masquer son trouble. Je n'étais pas moi-même, j'agissais dans un état second, comme un automate. Dans un meuble, je crois.

Elle ment. Je suis certain que la vérité est tout autre, mais dissimulant mon scepticisme, je feins de la croire et questionne :

— Quand aviez-vous donné rendez-vous à Brassens ?

— Trois jours auparavant. Il était venu chez moi pour… je lui ai dit que je ne me sentais pas bien, et j'ai suggéré de nous voir mercredi matin.

— Il n'était pas surpris par ce rendez-vous en extérieur ? N'importe qui aurait pu vous voir, alors que vous auriez été plus tranquilles chez vous, comme d'habitude.

— Non… enfin, un peu, mais on peut facilement faire gober ce que l'on veut à un homme si on sait s'y prendre. Il était simple à manœuvrer, et d'anticiper le moment qu'il espérait lui fermait les yeux.

— Nous savons que vous êtes allée, au volant de votre voiture, le rejoindre sur le chantier qu'il avait à Lambell. C'est bien de là qu'il vous a suivie ?

— Oui, fait-elle après un silence. Je l'ai vu, et je lui ai demandé de me suivre.

— Vous lui avez parlé ?

— Ben oui, il le fallait bien.

Elle nous sert des salades car ceci n'est pas en adéquation avec ce que nous a décrit madame Le Gall, la voisine des Glémarec.

— Après l'avoir tué, qu'avez-vous fait ?

— Je suis partie aussi vite que j'ai pu. J'étais terrorisée par ce que j'avais fait. Je suis passée chez Alexandre remettre l'arme à sa place, et je suis vite rentrée chez moi. Je n'ai plus bougé de la journée.

— Et cette fois encore, chez Alexandre, vous avez pu entrer et sortir sans qu'il s'en aperçoive ?

— J'avais garé ma voiture un peu plus loin, et je suis allée à pied, en prenant soin de ne pas me faire voir.

Un regard en coin pour vérifier que le constat de Simon est identique au mien, ce que d'un clin d'œil il confirme, et comme un juge devant une assemblée, je notifie à Véréna ce que m'inspire son récit.

— Madame Lanvot, vous mentez. Nous allons mettre un terme à cette audition, et vous maintenir en garde à vue, car nous avons d'autres investigations à mener.

— Je ne suis pas d'accord, s'offusque avec véhémence son avocat. Soit ma cliente est coupable, soit vous la laissez sortir librement.

Ses grands airs, cumulés à son attitude théâtrale, ont le don de m'agacer. Prenant sur moi pour ne pas extérioriser ce qu'il m'inspire, c'est néanmoins avec fermeté que je réplique :

— Maître de La Bonchesse, je vous rappelle que vous êtes ici parce que vous défendez madame Lanvot, mais que vous ne pouvez pas vous exprimer. Par conséquent, merci de respecter ce point de la loi française.

Il se rembrunit, décroise les jambes, me fixe durement, mais je n'en ai cure.

— Je vais relire le procès-verbal avant signature, puis nous raccompagnerons votre cliente en cellule. En fonction de ce qu'il va advenir cet après-midi, il se peut qu'elle soit libre en fin de journée.

— Libre ! s'étonne Véréna.

— Oui. Si l'interrogatoire d'un autre protagoniste de l'affaire se déroule comme je le suppose, vous pourrez rentrer chez vous dès ce soir.

— Qui est ce protagoniste ?

— Je ne vous le dirai pas.

— Alexandre ?

— Inutile d'insister, je ne vous le dirai pas.

Le regard affolé, elle se tourne vers son voisin de chaise.

— Mais enfin, j'ai avoué. J'avoue le meurtre de Corentin Brassens. Il n'y a pas de raison pour continuer l'enquête. J'ai agi seule, j'ai…

En manque d'argument, elle ramène le visage vers moi.

— Je veux signer mes aveux. Votre enquête est terminée, je suis la coupable.

— Ce que vous allez signer, si vous le voulez bien, c'est le procès-verbal. Madame Lanvot, fais-je avec la plus grande décontraction, avouer des faits est une chose, et dans mon bureau j'ai vu défiler de sacrés individus qui s'accusaient des pires crimes ou des pires atrocités. Mais il se trouve que ce que nous aurions pu dénommer vos aveux circonstanciés ne correspondent pas à la réalité. Ils ne coïncident pas à ce que notre enquête a pu mettre en exergue quant aux derniers instants de vie de Corentin Brassens. Si vous étiez la meurtrière, vous sauriez que cela ne s'est pas déroulé exactement comme vous nous l'avez décrit.

*

— Quand t'es-tu douté qu'elle nous racontait des craques ? fait nonchalamment Simon en tenant le volant d'une seule main.

— Ma conviction n'est pas survenue d'un coup. Elle s'est forgée petit à petit. Depuis le début, Justin et moi on ne la sentait pas, cette femme. Un peu comme une bipolaire, elle était capable de raconter une histoire, en y mêlant un maximum de détails pour la rendre crédible, et la minute suivante elle revenait sur ses affirmations pourtant crédibles et tentait de nous embrouiller en racontant des foutaises. Et toi ?

— J'étais à Brest à l'autopsie, au début de l'enquête, mais pour en avoir échangé avec Justin, j'en savais assez pour piger qu'elle ne tournait pas rond. Les circonstances ne pouvaient être telles qu'elle l'affirmait avec aplomb. Quand on s'est regardés toi et moi, le doute qui peu à peu s'était insinué en moi est devenu une certitude. J'ai cogité, et la vérité m'est apparue, aussi terrible soit-elle.

Il marque un temps, certainement parce que lui aussi, tout comme moi, spécule sur ce que va être l'heure qui vient.

— Ça ne va pas être drôle, hein, ce qui nous attend… Vivement ce soir que ce soit bouclé, qu'on passe à autre chose, qu'on s'aère la tête. D'un côté, c'est bien que demain ce soit dimanche. S'il avait fallu revenir trimer, on n'aurait pas eu le moral. Au fond de nous, même après un débriefing en bonne et due forme, on aurait pensé à cette sombre affaire.

— Obligatoirement, oui. On y repensera fatalement, sans oublier les rebondissements. Au gré de notre carrière de flic, on s'est forgé une armure, mais sous cette armure, aussi épaisse et solide soit-elle, nous ne sommes que des êtres humains. Alors quand la vérité éclate, aussi prégnante soit-elle, on ne peut y être insensible.

Quand nous parvenons à destination, nous ne sortons pas tout de suite de la voiture malgré la chaleur. Avant l'hallali, il nous est nécessaire de nous préparer psychologiquement. Après quelques secondes de silence, quand il est prêt, Simon questionne :

— On prend les calibres ?

— On ne devrait pas en avoir besoin, dis-je en ouvrant la boîte à gants dans laquelle j'ai casé le mien et une paire de menottes dès le début de l'affaire, avant que nous ne roulions, Simon, Justin, et moi, vers le parc du château de Kériolet. Mais sait-on jamais comment réagissent les gens, lorsqu'ils sont poussés dans leurs derniers retranchements, quand tout espoir de vie heureuse s'évanouit. Allez, go !

Il y a trois scooters devant la petite maison aux pierres apparentes. Sur la terrasse, quatre garçons et filles ont pris d'assaut les chaises assorties à la table, alors que Cynthia et Benjamin en ont sorti d'autres de la maison, mais par manque de place les ont installées sur l'herbe du jardinet. Nul rire ou exclamation joyeuse, l'ambiance n'est pas au beau fixe. Ayant appris l'arrestation de Véréna par ses rejetons, copains et copines n'ont pas voulu abandonner leurs amis seuls face à leur détresse, et font preuve de solidarité et de charité en partageant leur peine et en tentant de leur offrir un minimum de réconfort. Sur la table, entre des verres de soda, des tasses et une théière, le cendrier regorgeant de mégots témoigne du stress ressenti par tous.

De dos, les enfants Harrys ne nous voient pas survenir, de sorte que ce n'est que lorsque l'un de leurs copains se redresse en nous voyant qu'ils se retournent. Notre intrusion, avec l'arme dans son étui à hauteur de la ceinture, souffle un froid plus intense et glacial qu'il ne l'était auparavant.

— Bonjour tout le monde. Nous sommes désolés de vous déranger.

Les joues ravinées par les larmes qui ont coulé, Benjamin nous apostrophe :

— Notre mère n'est pas avec vous ? Vous pouvez nous dire quand elle rentrera ?

— Bientôt, je pense. Cynthia et Benjamin, nous pouvons vous parler en privé ? Allons dans la maison, pour plus d'intimité.

La face rougie par l'émotion, les paupières démesurées, dans une main, un mouchoir en papier dans l'autre, une cigarette qu'elle confie à une copine, c'est sans piper mot que Cynthia nous suit sans ergoter. Les épaules basses, son frère non plus ne se le fait pas répéter.

La porte de la maison refermée, nous allons dans la cuisine. Il ne reste plus que deux chaises, les deux autres étant dehors. Ce n'est pas un problème, nous n'allons pas nous éterniser.

— Votre maman va bien. Elle s'est accusée du meurtre de Corentin Brassens, mais nous savons qu'elle n'est pas coupable. Nous désirons vous entendre, car il est possible que vous ayez des informations à nous fournir. Avant de partir, je vous conseille de réunir quelques affaires de toilette et une tenue de rechange. Simon, tu la suis, je vais avec Benjamin dans sa chambre.

Quand, ébahis, chacun a préparé dans un petit sac à dos un nécessaire pour un ou deux jours, je confie les deux jeunes à la surveillance de Simon et sors rejoindre leurs amis sur la terrasse. Mettant les formes pour ne pas les choquer, et surtout qu'ils n'aillent pas répandre la nouvelle qu'ils sont coupables de la mort de l'électricien-chauffagiste, j'explique que nous devons emmener Benjamin et Cynthia afin de les interroger dans nos bureaux de Quimper. Parce qu'il ne serait pas décent de les montrer menottés à leurs amis, et surtout parce que la garde à vue ne leur a pas été stipulée, j'assure qu'ils auront quelques minutes pour se dire au revoir, mais qu'à aucun instant ils ne devront discuter d'un point de l'enquête ou de leur éventuelle implication. Lorsque j'ai l'accord verbal des quatre copines et copains, je rejoins mon acolyte. Un court conciliabule avec les enfants Harrys, et nous revenons sur la terrasse. Cédant à notre bienveillance naturelle, nous tolérons embrassades et étreintes effrénées, et cela en dépit de la Covid-19 toujours menaçante, avant de fermer la maison à clé et de nous diriger vers la voiture.

*

Au troisième étage du commissariat, Benjamin est conduit dans le bureau de Simon, Cynthia dans le mien. Aucun des deux ne désirant l'intervention d'un médecin, ce qui fait une économie pour la Sécurité sociale, deux avocats commis d'office sont contactés. Lorsque la première se présente, je décide que nous allons débuter par Cynthia. Comme plus tôt sa maman, il lui est accordé un moment pour discuter avec sa défenseure. Quand elles sont prêtes, je m'approprie ma place habituelle, et de la main, intime à la jeune femme de s'asseoir en face de moi, à côté de maître Nadia Offipale. Une fois encore, Vidéogav est en action. Après l'enregistrement de l'état civil et des mentions obligatoires, j'attaque.

— Comme je vous le disais tout à l'heure, chez vous à Névez, votre maman revendique le meurtre de Corentin Brassens. Or, son exposé des faits ne peut être retenu, car il ne correspond pas à ce qui s'est passé. Il est clair qu'en s'accusant, elle tente de protéger quelqu'un. Pour agir ainsi, il faut qu'elle soit prête à tous les sacrifices, de ceux que l'on ne pourrait que pour protéger quelqu'un qu'on aime, qu'on adore plus que tout au monde. Nous, nous sommes persuadés que c'est vous qu'elle protège.

Cynthia se tait, alors que des larmes dévalent sur ses joues, jusqu'à son menton qu'elle n'a pas la force d'essuyer.

— Cynthia, vous êtes jeune, ne foutez pas votre vie en l'air en niant votre responsabilité. Cela ne nous ferait que perdre du temps, mais tôt ou tard votre entêtement ne pourra pas résister à la pression.

Deux secondes pour qu'elle comprenne le sens de mes paroles, et j'enfonce le clou :

— Chez votre papa, nous avons mis la main sur l'arme du crime. Nous ne l'avons pas encore expertisée, mais nous y trouverons certainement vos empreintes. Plus décisif, une femme vous a vue, quand vous êtes allée à Lambell, près du chantier de Corentin Brassens…

Je n'ai pas le temps d'achever ma phrase qu'elle éclate en sanglots. Le visage dans les mains, le corps tout entier secoué par des tremblements, elle essaie de parler, mais aucun son ne sort. Protecteur, son avocate pose une main amicale sur son épaule.

Elle est prête à céder. Je la conseille, sur un ton compatissant.

— Allez-y, avouez... Ça vous libérera, et plus vite vous le ferez, plus vite votre maman pourra rejoindre votre petit frère.

*

Un moment, Benjamin a voulu prendre des nouvelles de sa sœur, estimant que nous mettions du temps avant de les rejoindre, et se questionnant sur le but de sa mise à l'écart. Simon l'a redirigé vers la sortie, en confirmant que tout allait bien, et pour être certain que cela ne se renouvelle pas, il est resté avec lui.

Vaincue, épuisée par les émotions de ces derniers jours, Cynthia a fini par lâcher le morceau. Après une mémorable crise de larmes, elle s'est assagie, et a tout déballé.

Vendredi dernier, son père avait projeté de les emmener elle et son frère au restaurant. Si l'intention était louable, elle avait prévu une soirée avec ses amis. Il s'en était suivi une engueulade entre le père et la fille, et celle-ci avait préféré disparaître pour aller retrouver ses copines et copains. Après la soirée, elle était rentrée dormir Stang Sant Laorans, chez sa mère. Elle n'avait pas fait de bruit, de sorte que Véréna ignorait qu'elle était présente.

Le matin, vers 10 heures, elle s'était réveillée, et avait enfilé un tee-shirt trop grand pour elle. Elle descendait l'escalier pour aller prendre son petit-déjeuner quand le bruit d'une conversation lui parvint. Sa maman était aux prises avec Brassens. En termes crus elle lui disait que plus jamais il n'abuserait d'elle, et qu'il pouvait aller raconter ce qu'il voulait, jamais plus il ne la toucherait. Le chauffagiste ne l'entendait pas de cette oreille. Il développait toute une série d'arguments pour parvenir à ses fins.

Au comble de l'écœurement, Cynthia était remontée sans bruit jusqu'au niveau du palier, et prenant son courage à deux mains, était descendue en faisant comme si elle se levait après une bonne nuit de sommeil. Hagards, sa mère et Brassens l'avaient regardée entrer dans la cuisine. Véréna était rassurée, car si elle ne pouvait l'évoquer, la présence de sa fille lui évitait de céder aux injonctions de son bourreau. Sur le coup, celui-ci avait trouvé un motif fallacieux pour s'esquiver.

Interrogée par sa mère, Cynthia maintint qu'elle n'avait rien entendu de la conversation, car elle ne voulait pas qu'elle se sente honteuse d'être ainsi exploitée, rabaissée, et il était légitime qu'elle ne veuille pas que sa fille connaisse son passé d'actrice de films à caractère pornographique. Après la négation, quelques mots rassurants et il fut convenu d'oublier la venue de Brassens.

N'empêche, Cynthia était perturbée. Toute cette histoire lui trottait dans la tête. Elle voulait venger sa mère sans que cette dernière le sache, effacer l'affront, mais sans moyen de locomotion, il ne lui était pas aisé de se déplacer. Elle s'était interrogée sur la forme que prendrait sa vengeance, et peu à peu une seule solution se présentait. Elle devait frapper. Cet homme devait payer au prix fort d'avoir profité d'une femme, seulement pour son bon plaisir.

Lundi, en voiture avec des copains, en revenant de Concarneau, ils avaient emprunté la petite route qui menait à la pointe de Trévignon. Installée sur la banquette arrière, elle regardait le paysage tout en discutant avec ses amis, et soudain avait reconnu Corentin Brassens au volant de son fourgon. Ayant vu de quelle rue il débouchait, elle savait où le trouver. Mais il fallait faire vite, son chantier ne serait pas éternel. Certes, elle avait relevé son adresse, mais elle ne se voyait pas aller chez lui et le tuer devant femme et enfants… Elle avait l'occasion de passer à l'acte, mais elle ne devait pas tarder. Le reste du trajet jusqu'au charmant petit port, elle avait réfléchi, pesé le pour et le contre, et alors qu'ils longeaient la plage de la Baleine, elle avait trouvé comment mettre son projet à exécution.

Le mardi, seule dans sa chambre, elle avait peaufiné son plan, et décidé qu'elle le mettrait à exécution le lendemain.

Le mercredi, il était prévu un pique-nique avec la bande de copains et copines. Gentille, prévoyante, sa maman était sortie faire quelques achats, et au cours d'une conversation avait annoncé qu'elle ne bougerait plus de la journée. Il était à peine plus de 10 heures. Arguant d'aller faire un tour avec une copine, elle s'empara du double de la clé de la Skoda, et sans que personne ne la voit, elle quitta Saint-Philibert. Elle alla chez son père, se préparant à prétendre l'oubli d'un vêtement ou d'un bijou pour s'emparer du MAC 50, une arme entrevue à deux ou trois reprises, quand Alexandre la montrait à des connaissances en expliquant que son propre père l'avait rapportée d'Algérie, à la fin de la guerre. Coup de chance, son père était absent. Disposant d'une clé de la maison, elle y entra à l'insu des voisins, et repartit aussi vite et aussi discrètement.

À Lambell, rue de Penfret, elle repéra le fourgon blanc devant une maison dont le garage était ouvert. Ne tenant pas à être reconnue, elle tourna la tête et alla faire demi-tour au fond de l'impasse pour revenir. Tiraillée par le chronomètre, car à tout moment sa mère pouvait s'apercevoir que sa voiture avait disparu, et d'ici peu ses amis allaient l'appeler pour le fameux pique-nique, elle ne pouvait attendre midi, quand l'artisan cesserait son travail pour la pause-déjeuner. Il lui fallait user d'un subterfuge, mais lequel ? Elle croyait avoir finement élaboré son piège, mais il avait des lacunes. Elle savait que pour mener à son terme la mission qu'elle s'était imposée, elle devait rester calme, ne rien brusquer, mais à dix-huit ans il n'était pas aisé de lutter contre le maelström de sentiments qui la submergeait, entre exaltation et scepticisme, fougue et crainte de ne pouvoir réaliser son projet. Elle avait l'impression que les minutes étaient bien plus longues que d'habitude. Elle avait chaud, elle transpirait, mais ce n'était pas dû à la chaleur encore supportable.

Soudain, elle aperçut Brassens dans le rétroviseur intérieur. Elle démarra le moteur, appuya sur la touche des warnings… La suite, nous la connaissons, enfin presque.

— Pourquoi le parc du château de Kériolet ?

— Au départ, j'avais pensé à Pouldohan, Pendruc, ou Kerdallé, mais ce n'est pas la bonne période. Il y a trop de vacanciers. Et puis, j'ai pensé à Kériolet. Je suis allée visiter le château l'année dernière. Le calme de son parc m'avait marquée. C'est comme ça que j'ai choisi…

*

Un détour par le bureau de Simon m'apprend que le jeune garçon a été entendu par mon collègue dès que l'avocat est arrivé. Bien sûr, Benjamin est totalement innocent à cette affaire. Je répugne à l'informer de la culpabilité de sa sœur, et ressors.

Je m'isole pour téléphoner au parquetier de permanence. Malheureusement, ce n'est pas le procureur Pascal Colinet qui suivait l'affaire depuis le début, mais la vice-procureure Juliette Trodat. L'avisant des différentes étapes qui ont conduit aux aveux circonstanciés de la jeune femme, et par conséquent à l'aboutissement de nos investigations et au douloureux dénouement de ce dossier hors normes, je m'enquiers de ce qu'il faut prévoir pour les parents.

— On ne peut pas les blâmer, excuse le procureur. Surtout pas le papa, qui, c'est une certitude, ne pouvait prévoir le terrible drame. Quant à la maman, peut-on lui reprocher de s'être accusée pour couvrir son enfant ? Vous et moi, nous aurions agi de la même manière. Notifiez-lui qu'aucune charge ne sera retenue à son encontre. Si la justice a parfois une certaine rigidité, lorsque les circonstances sont particulières, elle sait faire montre de valeurs morales, et cela peu de nos contemporains le soupçonnent.

— Message reçu, Madame la procureure, nous allons nous en occuper immédiatement. Après cela, nous souhaiterions déferrer Cynthia Harrys, afin que vous décidiez de la suite.

— Je vous attends. À tout à l'heure, capitaine Moreau.

Que c'est réconfortant de travailler avec des gens intelligents !

Le contexte n'est pas banal. Il y a, dans les cellules du rez-de-chaussée, deux parents innocents que nous devons libérer. Nous avons une coupable que nous ne pouvons mettre en cellule, car lorsque nous en ferons sortir Véréna et Alexandre, cela risquerait d'être épique. Et enfin, nous avons Benjamin, parfaitement innocent lui aussi, mais que sa qualité de mineur fait que nous ne pouvons le raccompagner à la sortie du commissariat et nous laver les mains de ce qu'il adviendra de lui. Ce ne serait pas un problème à gérer si nous étions plus nombreux, mais nous ne sommes que deux, Simon et moi. Un peu de gamberge, et nous trouvons la parade. Pendant que Simon s'enferme dans son bureau avec les deux jeunes qui tombent littéralement dans les bras l'un de l'autre, je descends l'escalier. Une nouvelle épreuve m'attend.

Je choisis de commencer par le père qui, j'en suis tout autant persuadé que la vice-procureure, ignore tout de cette histoire. J'ouvre la porte, et sans émettre de son, d'un geste de la main lui signifie de me suivre. Ce n'est que lorsque nous sommes hors de portée de voix de la cellule de Véréna que j'explique :

— Monsieur Harrys, vous êtes libre.

— Ah quand même, fait-il en lissant ses cheveux blonds. Depuis le début je me casse la nénette à vous dire que je suis innocent.

— Nous devions procéder à des vérifications, mais cela, ce n'est pas le plus important. Venez. Je vous paie un café ?

— Ce n'est pas de refus. Ce n'est pas un quatre-étoiles, chez vous.

Deux gobelets au distributeur situé à l'accueil du commissariat, et nous nous réfugions dans la salle d'attente exceptionnellement vide.

— Je suis porteur d'une mauvaise nouvelle. Nous avons arrêté la coupable du meurtre de Corentin Brassens. C'est l'une de vos proches…

— Véréna ? hasarde-t-il.

— Non, Cynthia, votre fille.

D'anéantissement, ses doigts se desserrent et il lâche son gobelet qui se renverse sur le sol. Mais de cela, il s'en moque, moi aussi.

— Cynthia ! Mais de… Pourquoi ? Comment ? bégaie-t-il tant il est submergé par l'émotion.

— C'est une longue histoire. Elle a découvert que Brassens faisait chanter votre ex-femme. Elle ne l'a pas supporté, alors elle a voulu venger l'honneur de sa mère. Je vous fais la version courte, il appartiendra à Véréna d'entrer dans le détail. Restez-la, je vais la chercher. Elle est dans la cellule juste à côté de la vôtre.

— Je m'en doutais, je l'ai entendue crier sa colère d'être enfermée. J'ai préféré ne pas intervenir, au cas où vous nous auriez écoutés.

— J'ai autre chose à vous apprendre. Restez là, je reviens tout de suite avec elle.

C'est un homme effondré que je quitte. Il a pris un coup de massue sur la tête. Une évidence, cette épreuve sera difficile à surmonter.

Lorsque je fais pivoter la porte de la cellule, Véréna me toise, dans le regard une haine compréhensible, même si dans cette affaire je n'ai fait que mon travail.

— Vous êtes libre, madame Lanvot.

Plus que mes mots, elle lit sur mes traits que je ne viens pas seulement la remettre en liberté. Elle prend de plein fouet l'arrestation de sa fille. Avant qu'elle ne conteste, je m'empresse de justifier.

— Cynthia a avoué. Je comprends votre choix d'endosser le meurtre à sa place, mais il fallait bien que la vérité éclate. Il y a… Il y a un élément qui me manque, un seul : quand avez-vous découvert la responsabilité de votre fille ?

Toujours abasourdie, elle ne réagit pas au quart de tour.

Quand elle le fait, c'est d'une voix lasse.

— Jeudi matin, quand j'ai voulu prendre ma voiture pour aller faire des courses, j'ai remarqué qu'elle n'était pas exactement où je l'avais garée. J'étais en colère, parce que ça voulait dire que Cynthia l'avait prise alors qu'elle n'avait pas encore le permis de conduire. Je suis revenue à la maison, et je lui ai passé un savon. C'est alors que… c'est alors qu'elle a reconnu avoir entendu une conversation entre Corentin Brassens et moi, le samedi précédent, et en avoir tiré les conséquences.

— Il y avait certainement une autre façon de régler ça, mais c'était son choix. Je vois dans cette affaire de belles déclarations d'amour. D'abord la sienne, qui en passant à l'acte, a pris d'énormes risques pour que vous n'ayez plus à subir la loi de Brassens, et ensuite la vôtre, qui avez tout fait pour que ce soit vous qui soyez derrière les barreaux. Venez, Alexandre nous attend un peu plus loin.

Quand ils se voient, oubliant le passé tant le présent renoue partiellement les liens qui les unissaient, Véréna et Alexandre se serrent l'un contre l'autre, et pleurent toutes les larmes de leurs corps. Demeurant à distance, je me fais discret. C'est seulement quand le trop-plein d'émotion est évacué que je m'approche.

— Je vais chercher Benjamin. Il va rentrer avec vous. Vous aurez sûrement beaucoup de choses à vous dire.

— Et Cynthia ? s'écrie le papa. Où est-elle ? On peut la voir ?

Il est des cas où il faut travestir la vérité, pour ne pas compliquer les choses et anticiper de toujours possibles débordements.

— Nous avons encore quelques démarches administratives à effectuer. Très rapidement, vous pourrez aller lui rendre visite à la prison pour femmes de Rennes.

Terrassés, recevant en pleine figure l'image qu'ils vivront la terrible épreuve de voir leur fille emprisonnée, je les sens prêts à chanceler. Un peu de réconfort est nécessaire.

— Cette affaire est grave, étant donné qu'il y a eu mort d'homme, mais plusieurs éléments joueront en sa faveur pour obtenir la clémence des juges. Ils tiendront compte de sa jeunesse, de ses aveux, de son passé blanc comme neige, de son comportement, et du motif pour lequel elle a fauté. Elle sera vite dehors. Restez là, je vais chercher Benjamin.

*

J'ai averti Murielle par téléphone que je rentrerai assez tard, ce soir. Elle n'était pas enchantée, mais quand je lui ai dit qu'en contrepartie, demain serait une vraie journée de repos, elle était ravie. Grasse matinée, déjeuner sur la terrasse, et plage, seront au programme, car selon elle, le dernier bulletin de Météo France garantit un éclatant soleil pour au moins une semaine encore. Pour une vie de couple équilibrée, en attendant les vacances dans trois semaines, il importe d'accorder du temps et des loisirs communs à ma compagne.

En revenant de Rennes, où nous avons conduit Cynthia après l'avoir déférée devant la vice-procureure Juliette Troudat, nous philosophons, Simon et moi. Maintenant que nous connaissons tout de cette sordide affaire et que notre travail est terminé, nous nous sentons un peu orphelins. Car même si tôt ou tard une autre affaire lui succédera, nous avions avec celle-ci un lien non pas familial, il ne faut pas exagérer, mais de proximité qui fait qu'elle nous appartenait, qu'elle était une partie de nous-même. Tout le temps nous y pensions. Le jour, la nuit, en mangeant, en se rasant, en conduisant… Le prochain dossier sérieux sera-t-il plus compliqué, plus sanglant, impliquera-t-il plus ou moins d'individus ? Réussirons-nous à le résoudre en menant nos investigations à leur terme ? Jusqu'où notre enquête nous emportera-t-elle ? Hors du département, hors de Bretagne ? Il y a tant de questions qu'il serait impossible de les lister, mais ce sera avec la même détermination que nous nous lancerons à corps perdu dans la perpétuelle bagarre contre les faits délictueux.

Il est 22 heures lorsque nous revenons à Quimper.

Ce n'est pas la fièvre du samedi soir qui nous pousse, mais, histoire de décompresser, ou plus prosaïquement de tourner la page, nous quittons le commissariat et marchons sans nous hâter vers un bar qui, depuis quelque temps, a nos faveurs. Nos passages sont irréguliers, le plus souvent pour un café en clôture de la pause méridienne.

À un angle du boulevard Duplex, le Café des Arts propose une terrasse sur la piétonne rue Sainte-Catherine, ce qui a pour effet de nous couper en grande partie des bruits de la circulation routière.

Au milieu d'une clientèle plutôt jeune, la dernière table libre suffit à notre bonheur.

— Tu parles d'un désastre, grommelle Simon en s'asseyant. Deux familles déboussolées par ce tordu de Brassens, dont la sienne. Il croyait que ça allait durer ad vitam aeternam, sa petite routine bien organisée. Boulot, vie de famille, et, pour les loisirs, la pêche avec un copain ou une visite à une pauvre femme contrainte de se souiller pour éviter l'infamie. Il pensait que ça allait continuer, mais il y a eu un grain de sable, nommé Cynthia.

Un regard circulaire pour s'assurer s'il peut parler sans risque d'être entendu, et il murmure :

— Malgré un printemps ensoleillé et un été quasi caniculaire, il fallait encore plus de chaleur pour ce naze. Il voulait que ce soit chaud, torride, comme les films qu'il matait sur son ordi. Il en aura profité pendant trois mois, mais vois où ça l'a mené. Il aurait mieux fait de continuer sa petite vie bien rangée, ça aurait évité cette tragédie.

— Il aura foutu un beau bordel en commettant la grossière erreur de négliger l'honneur d'une femme. Une fois de plus, c'est la gent féminine qui paie le plus lourd tribut. Certes, il s'est fait descendre, mais on peut objecter qu'il l'a bien cherché. En revanche, on s'aperçoit, mais ce n'est pas une surprise, que la place des femmes n'est pas encore l'égale de celle des hommes, dans notre société dite moderne.

— Désolé de t'interrompre, mais tu sais aussi bien que moi qu'elle ne le sera jamais. À terme, ce sera possible pour l'égalité des salaires, des responsabilités, des droits, des obligations, bref de tout ce qui est régi par des lois, mais il y aura toujours une différence. Je ne parle pas de la force physique, tu l'auras évidemment compris, mais de l'appétit sexuel de nos contemporains, et des déviances que cela génère.

— Ce n'est pas seulement l'apanage des hommes. Il y en a certaines qui sont portées sur la chose.

— Oui, mais moins que les hommes, à ce qui se raconte. Personnellement, il ne m'est jamais arrivé d'enregistrer la plainte d'un homme se plaignant de s'être fait violer.

L'intervention d'un serveur énergique et que nous

savons amateur de bons mots, nous force à interrompre momentanément notre conversation.

— Bonjour, Messieurs. Qu'allez-vous boire ?

— Pour moi, ce sera une Sant Erwann.

— Deux, fait Simon, magnanime, qui lui aussi connaît cette excellente bière brassée à Concarneau.

À peine le barman s'est-il éloigné que mon équipier reprend la parole, non pas pour étoffer son explication mais pour délivrer ce que cela lui inspire.

— Qu'on le veuille ou non, ce que Véréna subissait, c'était des viols. Si nous l'avions su, nous ou d'autres collègues ou des gendarmes, Corentin aurait risqué gros. En fait, on ne s'en rend pas compte, Max, mais on a de la chance d'être des hommes. Au cours de notre vie, ça nous aura évité bien des problèmes.

— C'est clair, dis-je après un temps de réflexion. Prenons l'exemple des femmes rencontrées au cours de notre enquête : Véréna était abusée sexuellement parce que Brassens l'avait reconnue en matant un film classé X, sa marotte. Il la faisait chanter pour parvenir à ses fins, menaçant de faire circuler l'information sur la place publique. Cynthia, la fille de Véréna, est devenue une meurtrière en découvrant l'épée de Damoclès qui pendait au-dessus de la tête de sa mère. Expéditive, la lycéenne a fait ce qu'il fallait pour qu'elle ne subisse plus les assauts de ce salaud. Résultat, elle va perdre les plus belles années de sa vie, enfermée derrière les barreaux. De son côté, Estelle, la bonne copine de Véréna, se fait dérouiller régulièrement par son mec.

— Corentin Brassens est décédé, pour lui c'est trop tard, mais celui-là, ce Gwendal Révistal, j'aimerais le croiser. Je ne sais pas si le hasard le mettra un jour sur mon chemin, mais si c'est le cas, il n'en sortira pas indemne.

— Le hasard se provoque.

— Voilà, annonce le serveur en déposant des verres remplis jusqu'en haut.

Nous patientons jusqu'à ce qu'il s'éloigne avant de poursuivre notre échange, qui a pris une teinte partisane. Mais avant de prononcer un mot, il importe de s'abreuver.

— Tu me fais peur, glisse Simon en reposant son verre. Qu'est-ce que tu veux dire par là ?

— Tout, et rien.

— Ne me dis pas que… Si ?

— Je ne supporte pas ces salopards qui s'en prennent aux femmes, en particulier à la leur qui, enfermée à la maison, ne peut compter sur personne pour l'aider. J'en ai les poils des bras qui se hérissent.

— Pour Estelle, tu penses passer à l'acte ? C'est ça que tu es en train de me dire ?

— Je ne dis rien, Simon.

— On peut peut-être le coincer pour un autre mobile, et le faire dérouiller.

— Ce serait inutile. S'il tombait pour n'importe quoi, comme du travail au noir, des infractions routières, ou je ne sais quelles babioles, il n'encourrait pas grand-chose. Il ne pigerait pas qu'il s'agit d'une vengeance quant à son comportement avec Estelle. Il ne ferait pas le lien. Et même s'il le faisait, ça ne l'empêcherait pas de passer ses nerfs sur sa femme en toute impunité, parce que psychologiquement elle n'est pas prête à déposer une plainte.

Je m'octroie une gorgée avant de développer :

— Je n'irai pas jusqu'à buter ce pourri, mais, comme tu le sais, en raison de son travail, Murielle a des horaires décalés. Il n'est pas impossible que je me décide à faire un saut à Port-Manec'h. Pas aujourd'hui, ni demain… Durant l'été, il y a beaucoup de monde dans ce secteur. J'attendrai l'automne, ou l'hiver, quand la nuit tombe plus tôt. J'aurai moins de chance d'être surpris par un promeneur.

Songeur, il s'adjuge une bonne gorgée, la garde en bouche quelques secondes, puis l'avale lentement. Sans reposer son verre, il ponctue.

— Préviens-moi, j'irai avec toi.

— Tut tut. Allez, bois tant que c'est frais.

FIN

125, Vieille Route de Rosporden - 29000 Quimper
E-mail : contact@editionsalainbargain.fr
Site Internet : www.editionsalainbargain.fr

Dépôt légal n°2 - 2e trimestre 2021
ISBN 978-2-35550-809-7 - ISSN 1281-7813
N° d'impression : 103800
Imprimé en France